8월의 고쇼 그라운드

HACHIGATSU NO GOSHO GURAUNDO by MAKIME Manabu
Copyright © 2023 MAKIME Manabu
All rights reserved.
Original Japanese edition published by Bungeishunju Ltd., in 2023.

Korean translation rights in Korea reserved by Moonye Publishing Co., Ltd., under the license granted by MAKIME Manabu, Japan arranged with Bungeishunju Ltd., Japan through The English Agency (Japan) Ltd., Japan and Danny Hong Agency, Korea.

이 책의 한국어판 저작권은 대니홍 에이전시를 통한 저작권사와의
독점 계약으로 ㈜문예출판사에 있습니다. 저작권법에 의해 한국 내에서
보호를 받는 저작물이므로 무단전재와 복제를 금합니다.

8월의
고쇼 그라운드

마키메 마나부

김소연 옮김

문예출판사

차례

12월의 미야코오지 마라톤 ★ 9

8월의 고쇼 그라운드 ★ 77

옮긴이의 말 ★ 249

소설 속 교토의 주요 거리와 장소

금각사

제4전달 구역

아라시산

니시쿄고쿠 종합운동공원

고조 거리

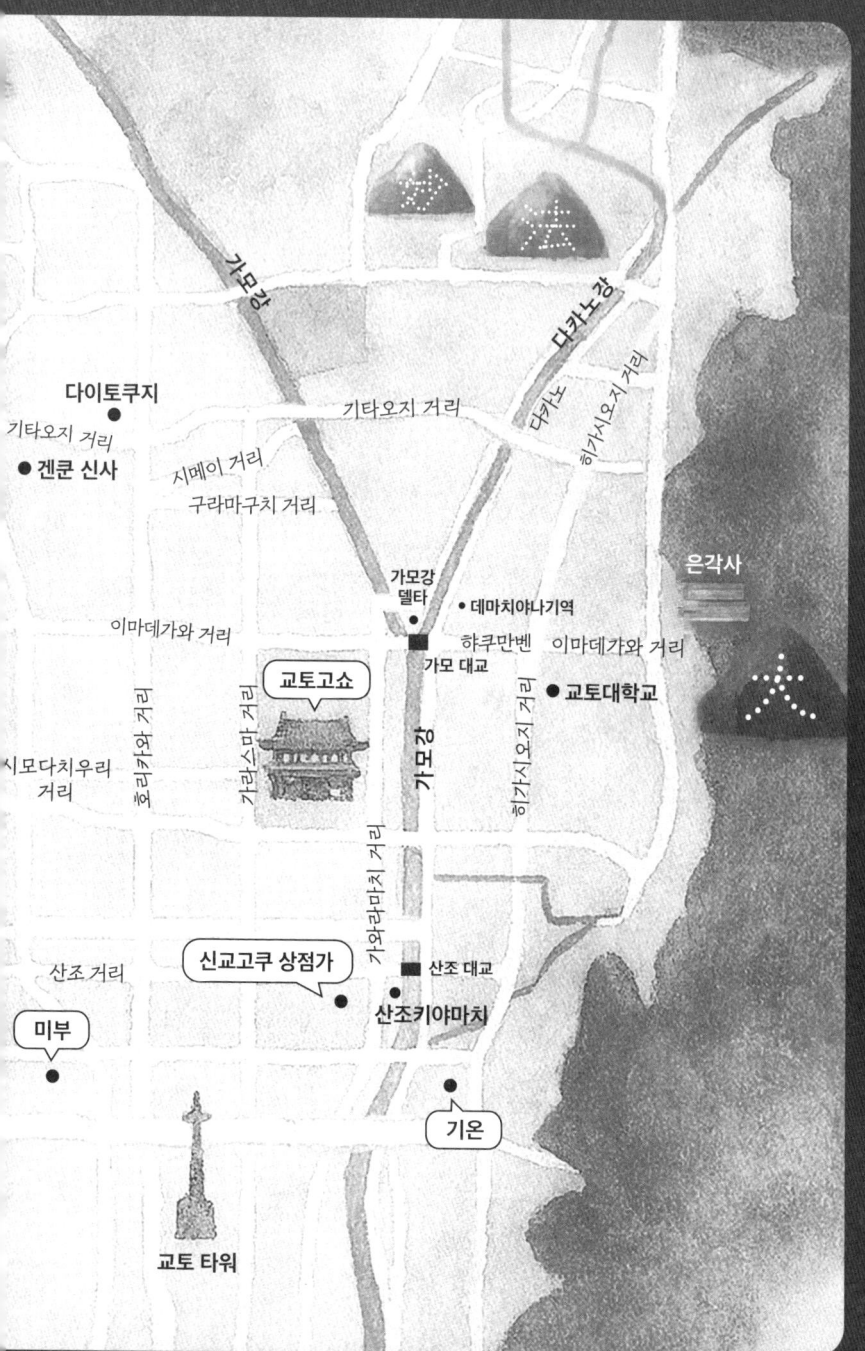

일러두기
- 본문의 주석은 모두 옮긴이 주다.
- 인명과 지명은 국립국어원의 외래어 표기법을 따랐으며 규범 표기가 미확정인 경우는 원어 발음에 가깝게 표기했다.

12월의 미야코오지 마라톤

교토에서 처음 먹는 저녁 식사라서 뭐랄까, 일본 요리다운? 교토스러운? 그런 고상하고 품위 있는 음식이 나올지도 모른다고 기대했다.

하지만 여관 식당 테이블에 놓인 음식은 흰살생선 튀김에 된장국, 샐러드, 밥과 장아찌. 가정식 백반과 별다를 게 없는 메뉴여서 완전히 실망 중인데, 옆 테이블에 앉아 있던 유즈나 주장이 자리에서 일어섰다.

"드디어 결전의 날이 내일로 다가왔습니다. 벌써부터 긴장한 친구도 있을지 모르지만 많이 먹고, 푹 자고, 최고의 컨디션으로 임합시다."

주장은 누가 봐도, 누구보다 긴장한 표정으로 이렇

게 고하더니 "잘 먹겠습니다" 하고 선창했다.

"잘 먹겠습니다—."

나머지 열 명의 부원이 뒤따라 말하고 나서야 여느 때처럼 화기애애한 식사 시간이 시작됐다. 오전부터 교토의 이곳저곳을 돌아다니느라 배가 고팠던 나는 생선 튀김 한 조각을 순식간에 해치웠다.

참고로 현재 내 사전에 '긴장'이라는 두 글자는 없다.

왜냐하면 나는 후보이니까.

아니, 물론 조금은 긴장됐다. 우리 학교는 무려 27년 만에 미야코오지*를 달릴 수 있는 티켓, 즉 전국 고교 역전駅伝** 여자부 참가권을 획득한 것이다. 역전 대회를 목표로 하는 고등학생들에게는 야구의 고시엔甲子

---

* 교토 시내의 주요 간선도로를 말한다.
** 도로 위 코스를 몇 구간으로 나누어 앞 주자가 다음 주자에게 어깨띠를 넘겨주면서 달리는 장거리 팀 대항 릴레이 경주다. 주요 육상 경기가 끝나고 학년이 끝나갈 무렵인 12월 말에 중고등학교 팀을 대상으로 개회한다. 도쿄 수도 이전을 기념하려 1917년에 교토~도쿄 구간 508킬로미터를 달린 대회가 그 시초다. 이때 주자들이 도로를 따라 일정한 간격으로 위치한 역과 역 사이를 달렸기 때문에 이 대회를 '역전'이라고 부르기 시작했다.

園과 같은 존재감을 지닌 초대형 대회다. 우리는 체육관에 전교생을 모아놓고 거행된 환송식을 거쳐 의기양양하게 교토에 입성했다.

다만 내일 거행될 본경기 주자는 3학년과 2학년의 정규 선수 다섯 명. 우리 1학년들은 모두 경기장이나 코스 중간중간에 배치되어 선배들을 응원할 예정이다.

따라서 첫 번째 주자인 유즈나 선배와 같은 긴장감을 공유할 수 없다는 게 안타깝다. 한편, 달리기에 대한 중압감을 느낄 필요가 없다는 사실에 왠지 안심이 되기도 한다. 그뿐 아니라 이런 기분에 대한 죄책감 비슷한 감정까지 들다 보니 1학년치고는 심경이 상당히 복잡하다.

"본경기에서 달리는 사람도, 달리지 않는 사람도 다 같이 함께 싸운다. 그게 역전 대회다."

육상부 고문인 '철의 여인 히시코', 그러니까 히시 유코 선생님은 틈만 나면 이렇게 말하지만 실전에서 달리는 선배들과 우리는 요구받는 각오부터가 하늘과 땅만큼 다를 텐데 뭐. 이런 생각을 하면서 두 번째 흰살생선 튀김을 오물거리고 있는데 그 히시 선생님에게서 "사카토" 하고 날카로운 목소리가 날아왔다.

"에, 넵."

나는 깜짝 놀라 얼굴을 들었다.

"다 먹으면 내 방으로 와라. 방 이름은…… '산다화'. 3층이야."

방 열쇠에 달린 나무 손잡이를 확인하면서 히시 선생님은 자리에서 일어나며 말했다. 우리와 떨어진 테이블에서 같이 온 교감 선생님들과 먼저 식사를 하고 있던 선생님은 주방 쪽을 향해 "잘 먹었습니다—" 하고 힘 있는 목소리로 인사를 한 다음, 슬리퍼 끄는 소리를 내면서 식당 밖으로 나갔다.

"무슨 일이지?"

맞은편에 앉은, 같은 1학년인 사오리가 된장국을 그릇째 호로록거리며 선생님의 뒷모습을 눈으로 좇았다.

"응원 지점 얘기 아닐까? 경기장에서 한 명 빼서 최종 구간 중간에 배치하고 싶다고, 사전 답사 다녀오는 길에 선생님이 그랬거든."

"역시."

사오리는 된장국 그릇을 내려놓고는 "참, 내일, 눈 내릴지도 모른대"라며 장아찌로 젓가락을 가져갔다.

"그래? 에이, 싫은데. 난 추위에 약하다고."

"맛있네, 이거, 무슨 장아찌지?"라면서 초록색 채소로 만든, 잘게 자른 장아찌를 오도독오도독 씹던 사오리가 갑자기 목소리 톤을 높였다.

"아, 깜박했다. 엄마가 선물로 센마이즈케* 사 오라고 했는데. 어디서 사는 게 좋을까? 근데 도대체가 이상해. 교야채京野菜란 말이 있지만, 그 채소가 특별히 교토京都에서만 자라는 것도 아니잖아? 그런데도 이름 앞에 '교京'를 붙이기만 하면 고급스런 느낌이 난단 말이지. 이런 게 바로 교토 매직이야."

그러자 평소에는 시끄러울 정도로 수다스러우면서 오늘은 식사 자리에 앉은 뒤로 입을 꾹 다물고 있던 고코미 선배가 갑자기 스위치가 들어온 것처럼 "나도"라며 우리 쪽을 바라봤다.

"나는 할아버지가 단밤 사 오라고 했는데. 상점가 아케이드 지나서 맛있는 단밤 가게가 있는 거 같은데, 어느 출구로 나가야 하지? 아케이드가 두 개 같던데. 신쿄고쿠랑 데라마치였나?"

이때부터 옆 테이블까지 넘나들며 각자 부탁받은 선

---

* 얇게 저민 교토산 순무로 만든 초절임이다.

물 리스트를 소개하는 분위기가 되면서 경직됐던 분위기가 단번에 편한 분위기로 바뀌었다.

"사카토는 뭐 부탁받은 거 있어?"

유즈나 주장이 물었다.

"향이요. 여기에 유명한 향 가게가 있나 봐요. 그치만 찾아갈 수 있을지 걱정이에요."

내가 대답한 순간, 모두의 입에서 "아아" 하는 탄식이 흘러나오는 걸 들은 듯한 기분이 들었다.

"사오리, 같이 가줘라."

유즈나 주장의 말에 사오리는 고개를 끄덕이며 "명심하겠사옵나이다"라고 대꾸했고, 나는 "재미없거든" 하고 겸연쩍게 웃으며 고개를 숙였다.

* * *

사오리와 나란히 서서 엘리베이터를 기다리고 있는데 유즈나 선배가 식당에서 사오리를 부르는 소리가 들렸다.

"무슨 일이지? 잠깐 다녀올게."

자리를 뜨면서 사오리는 열쇠에 달린 나무 손잡이를

보여주며 말했다.

"우리 방 이름 '코스모스秋櫻'도 한자로 쓰여 있으니까 선생님 방 '산다화'도 한자일지도. 분명 어딘가에 '다茶' 자가 있었던 거 같아."

사오리의 조언은 도움이 됐다.

엘리베이터를 타고 3층으로 이동해 '山茶花'라는 명패를 확인하고서 노크를 했다.

"사카토입니다."

"들어와."

히시 선생님의 목소리였다.

이상하게 목소리가 또렷이 들린다 했더니, 문 안쪽 잠금장치를 물려서 문을 빠끔 열어놓은 상태였다.

실례하겠습니다, 라고 말하면서 문을 열었다.

"들어와. 여기 앉아."

정면에 앉아 있던 선생님은 고개를 숙인 채 손에 쥔 펜으로 자기가 앉아 있는 낮은 테이블의 맞은편 방향을 가리켰다.

슬리퍼를 벗고 재빨리 방으로 들어갔다.

우리 방과 거의 비슷한 넓이의 전통식 방이었는데 테이블 위에는 서류들이 펼쳐져 있었다. 내가 방에 들어갔을 때부터 심각한 얼굴로 종이를 들여다보고 있던 선생님이 잠시 후 고개를 들었다.

"거기 방석에 앉아도 돼. 다들 어때? 긴장들 하고 있니?"

선생님은 방 한쪽 구석의 방석을 시선으로 가리키며 말했다.

"처음에는 긴장했는데 선물 얘기가 나오면서 분위기가 꽤 편해진 것 같습니다."

그래, 하고 고개를 주억이며 선생님은 내가 방석에 앉는 동안 기다렸다.

"안 돼, 안 돼. 그렇게 앉으면 무릎에 부담이 간다고."

바로 선생님의 경고가 날아와서 나는 허둥지둥 꿇었던 무릎을 폈다.

"고코미는 좀 어때?"

테이블 위의 서류를 정리하면서 선생님이 물었다.

"고코미 선배요?"

"밥은 잘 먹었어?"

옆에 앉았던 고코미 선배의 식판을 떠올려보려 했지만 기억이 나지 않는다. 별로 신경 쓰이지 않았다는 건 제대로 잘 먹었다는 뜻이겠지.

"아마…… 먹은 거 같습니다. 아, 맞다. 평소답지 않게 전혀 말이 없었는데, 그치만 중간부턴 원래대로 돌아왔고, 선물로 단밤을 부탁받았다고 했습니다."

그래, 하고 선생님은 팔꿈치를 괸 자세로 볼펜 꽁지 부분을 관자놀이 근처에 대고 슬며시 누르며 빙글빙글 돌렸다. 그렇게 발랄한 고코미 선배도 실전 앞에서는 말이 없어지는구나, 하고 새삼 선발된 주자의 무거운 책임에 대해 생각했다.

"고코미 말이야, 내일 결장하기로 했어."

갑자기 선생님의 목소리가 날아왔다.

"네? 진짜요?"

이렇게 말하려 했는데, 색이 빠져 목소리 자체가 투명해져버린 듯 입술 사이로 숨만 새어 나왔다.

"빈혈 증상이 낫질 않아서. 끝까지 상태를 보려고 버텼는데 오늘 오전 연습이 끝난 후에 고코미가 먼저 출전을 포기하겠다고 하더구나."

"아, 그런……"

고코미 선배가 빈혈로 힘들어하는 건 이미 알고 있었다. 하지만 하루도 빼놓지 않고 열심히 연습해, 기적적인 대역전으로 지역 대회에서 우승했고, 꿈에 그리던 '미야코오지를 달릴 수 있는' 티켓을 거머쥐었다. 그런데 대회 전날에 출전을 포기해야 하다니, 어째서 이런 일이.

식당에서 옆에 앉아 있던 선배의 모습을 다시 떠올려봤다. 분명히 어마어마하게 충격받은 상태였을 텐데 그런 기색은 손톱만큼도 없었다. 분명히 사오리가 선물 이야기를 시작하기 전까지 말이 없기는 했지만 이야기가 무르익자 고코미 선배는 앞장서서 각자의 선물에 대해 물었다. 우리의 긴장을 풀어주려던 것이다. 아아, 얼마나 착하고 씩씩한가. 눈물샘이 열리려는 걸 꾹 참았다.

"알았습니다."

어느새 나는 테이블 위에 두 팔꿈치를 올리고 상체를 앞으로 내밀고 있었다.

"내일은 저희 1학년들이 고코미 선배를 확실히 보좌하겠습니다!"

"아니."

"네?"

"고코미가 아니라 네 얘기야."

머리를 빗어 올려 묶은 덕에 훤히 드러난 이마에 주

름이 잡히면서 선생님은 어쩐지 무서운 얼굴로 내 쪽을 노려봤다.

"고코미를 돕는 건 당연하고, 그건 1학년뿐 아니라 부원들 모두가 할 일이야. 그보다 고코미 대신 누가 달리느냐지. 저녁 식사 전에 말이야, 주장하고 고코미하고 나 이렇게 셋이서 상의를 했어. 대신 누구를 내보낼지."

선생님은 잠시 침묵했다가 관자놀이에 대고 있던 볼펜의 꽁지를 내 코에 들이댔다.

"사카토, 너로 정했다."

순간, 시야가 부옇게 흐려지더니 잠시 후 내 코앞에 들이닥친 볼펜 꽁지에 초점이 맞았다.

말랑해 보이는 고무가 붙어 있다. 이건 글자가 지워지는 볼펜이군.

"안 됩니다."

순간적인 볼펜 분석과 동시에 생각보다 목소리가 먼저 튀어나왔다.

"할 수 있어, 사카토. 애초에 넌 후보 선수로 등록돼 있으니까. 대체 선수로 출전해도 아무 문제없어."

선생님은 서류들 밑에서 빨간 글씨로 크게 '전국 고교 역전'이라고 쓰인 대회 팸플릿을 꺼냈다. 붙임쪽지가 붙어 있는 페이지를 펼치니 거기에는 우리 현의 남자 대표 팀과 여자 대표 팀이 각각 위아래로 나뉘어 소개되어 있었다.

분명히 우리 학교 칸에는 정규 선수 다섯 명 외에 후보 선수 세 명의 이름이 올라 있었고, 사오리와 함께 내 이름도 인쇄되어 있었다. 하지만 이건 '이름만 빌려주었을 뿐', 설마 진짜로 달리게 되리라고 꿈꾸는 사람은 아무도 없을 것이다.

"모, 못해요. 뭣보다 후보 중에 2학년 선배가 있는데 1학년인 제가 나가는 건 말이 안 됩니다."

"보통은 그렇지. 하지만 1학년짜리를 넣자는 건 고코미 생각이야. 알겠니? 고코미는 내년에 꼭 여기 다시 오겠단 각오야. 내년까지 생각해서 1학년 멤버를 한 명 넣어 실전 경험을 시켜야 한다고 하더라. 보통은 그런 말 잘 못해. 나도 혼자였다면 그렇게까지 과감한 결정은 하지 못했을 거야. 하지만 고코미가 말을 꺼내줘서 결단을 내릴 수 있었어."

선생님은 마치 매초 결의가 더 단단해지는 것 같았다. 방에 처음 들어왔을 때는 고양이같이 구부정했던 등이 말을 하면서 점점 꼿꼿해져간다.

"그, 그렇다면 사오리가 나가야 합니다. 1학년 중 기록이 제일 좋고, 10월에 있었던 3,000미터 대회에서도 저보다 10초 이상 빨랐고……."

"난 고문이야. 당연히 너희들 기록을 충분히 다 아는 상태에서 결정하지 않았을까? 너도 알고 있니? 1학기 때는 사오리한테 20초 가까이 뒤져 있었어. 그러다가 여름 방학에는 15초, 10월에는 10초까지 좁혀졌지. 두 달이 지난 지금은 어떨까?"

그다음은 스스로 생각해보라는 듯 선생님은 볼펜 꽁지로 테이블 표면을 탁탁 두드렸다.

"그, 그리고 저는 완전 방향치예요. 갑자기 연습도 해보지 않은 코스를 달리라고 하시면…… 선생님, 알고 계시죠? 저 오늘 사전 답사 때도 완전 틀렸다고요."

"그거…… 너 일부러 그런 건 아니지?"

오늘 오전에 정규 멤버들이 실전 코스 확인 겸 연습 달리기를 하는 동안, 우리 1학년들은 출발 지점인 니시쿄고쿠 종합운동공원 육상경기장에서 가라스마 구라마구치에 있는 반환점까지 히시 선생님과 함께 버스를 갈아타고 돌며 응원 지점을 정했다.

"기타오지 거리, 호리카와 거리, 무라사키아카루이?

거리, 도리마루 거리, 거기서 반환점을 돌고, 다시 무라사키아카루이 거리, 호리카와 거리, 기타오지 거리. 아아, 복잡해."

지도를 보고 실전 코스를 따라가며 반환 지점을 정하는데 모두 뒤죽박죽이었다. 여기는 어디지? 나는 어디를 걷고 있는 거지?

"도리마루가 아니라 가라스마루야. 잘 봐."

옆에서 걷던 사오리가 고쳐주길래 "응?" 하고 지도를 들여다봤다. 확실히 '도리마루烏丸 거리'가 아닌 '가라스마루烏丸 거리'라고 표기되어 있다.

"'烏'라는 글자가 '鳥'보다 가로획이 하나 적으니까 더 쉬울 텐데, 왜 이게 더 어려운 한자 같지?"

나는 별생각 없이 중얼거렸다.

"까마귀는 눈이 까매서 안 보이니까 '새 조鳥'에서 눈동자 부분을 뜻하는 가로획이 사라져서 '까마귀 오烏'라는 글자가 된 거 같아."

사오리가 생각지도 못한 깨알 지식을 늘어놨다.

"그거, 진짜야?"

너무 그럴듯한 이야기라며 소풍 기분을 감추지 못하는 우리에게, 앞서 걷던 히시 선생님의 날카로운 목소리가 날아왔다.

"소풍 나온 거 아니다. 그리고 '가라스마루'가 아니라 '가라스마'라고 읽거든. 그리고 '시메이紫明 거리'. 길 이름이 '무라사키아카루이'일 리가 없잖니."

우리 둘은 머쓱해서 어깨를 움츠렸다.

"알겠어? 2구간 후반부하고 반환점 돈 다음인 3구간 전반부, 코너를 여러 번 도니까 응원 지점을 잘 기억해 둬. 그리고 담당을 정하겠지만 너희들, 내일은 혼자 힘으로 여기까지 오는 거야."

대부분의 부원이 초등학교나 중학교 때 수학여행으로 교토에 와봤지만, 분명히 여기는 모르는 길이다. 내일은 코스 중간이 아니라 경기장 안쪽 팀으로 배치되면 좋겠는데……. 그러면 숙소에서 출발할 때부터 선배들 옆에 꼭 붙어서 오면 되니까 골인하는 순간도 볼 수 있고…… 등등 덜떨어진 생각을 하고 있던 차에 사건은 터졌다.

"아까 거기하고 여기 중에 어디가 더 앞이 잘 보이지?"

응원 지점을 반환점 전에 만들까, 지나서 만들까. 전후 레이스의 흐름을 더 잘 예측할 수 있는 장소를 골라야겠지.

"잠깐, 사카토. 아까 거기 가서 체크 좀 하고 와."

히시 선생님에게 임무를 명받은 나는 '아까 거기'를 향해 바로 경주 자세로 달려갔다.

그리고 그길로 미아가 됐다.

15분 후, 내가 있는 곳이 어딘지 몰라 당황해하는 나를 사오리가 발견했고, 히시 선생님은 "코너 하나만 돌고 오면 되는데 어째서 길을 잃은 거니?"라며 어처구니없어했다.

"선생님, 사카토는 절망적일 정도로 방향치예요."

날 도와주는 건지 아닌지 알 수 없는 해설을 하며 사오리가 끼어들었다.

맞다, 사오리는 옳다.

나는 자타가 공인하는 '절망적일 정도의 방향치'였다.

미아가 된 이유는 알고 있다. 큰길을 따라가다가 어느 방향으론가 돌면 된다는 건 알고 있었다. 정답은 왼쪽이었다. 하지만 오른쪽으로 돌았다. 나는 뽑기에서 진 것이다.

"이런 데를 지났었나?"

희미한 의심을 품은 채 달리기에 매진하다가 낯선 거리로 빨려 들어가고 말았다.

"아냐, 그쪽이 아니얏."

다만, 새옹지마라고 해야 할까. 뒤에서 외치는 사오리의 목소리는 가라스마 거리를 오가는 자동차 소리에 파묻혀 내 귀에는 전혀 닿지 않았다. 이 사건으로 결국, 선생님은 도로 폭이 좁은 곳이 응원 소리도 잘 들릴 거라는 깨달음을 얻었고, 이후 응원 지점이 정식으로 결정됐다.

오전 중에 일어난 이런 일들을 되돌아보며, 다시 한번 테이블에 상체를 실으면서 히시 선생님에게 솔직한 마음을 전했다.

"제가, 코스를 제대로 돌 수 있을지 어떨지…… 자신이…… 없습니다."

부원 전체가 지방 예선 대회 코스를 연습 달리기 했을 때도 중간중간에 있는 도로의 분기점을 볼 때마다 '만약 내가 선수였다면 분명히 틀린 길로 갈 거야' 하고 남몰래 위축됐던 나다.

"아직 아무한테도 말하지 않았는데, 어제도 길을 잃을 뻔했어요. 숙소에서 가장 가까운 편의점에 갔는데 제가 어디에 있는 건지 몰라서……."

"가장 가까운 편의점이라면…… 숙소 현관에서 보이

는, 거기?"

"밤이 되니까 길이 생각보다 어두워서, 편의점에선 숙소가 안 보였어요."

선생님은 한 번, 크게 한숨을 쉬었다.

"있잖니, 실전에서 길을 잃는 일은 있을 수가 없어. 많은 사람이 길을 따라 관전하고 있고, 다른 학교 애들도 뛰고 있으니까. 뭣보다 곧장 달리다가 한 번만 오른쪽으로 돌면 돼. 간단한 코스잖아."

선생님은 손에 쥐고 있던 펜으로 허공에 'L' 자를 그려 보였다.

"네?"

"네가 달릴 코스 말이야. 2구간이나 3구간은 코너가 여럿 있어서 코너워크 기술도 필요하고 네가 집중해서 달리지 못할 수도 있잖아? 4구간은 전반 부분이 오르막이니까 오르막에 강한 미리를 배정하면 되고. 1구간은 주장이 초반 기선을 잡아야 하니까 유즈나가 고정. 그러니까 네가 달릴 곳은, 여기."

히시 선생님은 들고 있던 서류에서 내일 코스가 표시된 지도를 빼더니, 펜 끝으로 '제4전달 구역(니시오지시모다치우리)'이라고 쓰인 지점부터 경기장 그림이 있는 곳까지 죽 연결했다.

"직진하다가, 한 번만 우회전. 길을 잃고 싶어도 잃을 수가 없어."

"선생님, 이건……."

"사카토. 5구간, 네가 맡아."

믿을 수 없다. 지도에서 시선을 떼 고개를 드니, 거기에는 부원들의 어떤 이의도 인정하지 않을 때 보이는 '철의 여인 히시코'의 얼굴이 기다리고 있었다.

전국 고교 역전은 남자가 42.195킬로미터를 일곱 명이 달리는 데 반해, 여자는 절반인 21.0975킬로미터를 다섯 명이 달리는 계주다.

즉, 나는 계주의 마지막 주자 임무를 부여받은 것이다.

　　　　　★　　★　　★

눈이 내리고 있다.

부옇게 흐린 하늘을 올려다보며 턱을 쓱쓱 문질렀다.

콧잔등에 내려앉은 눈송이가 말없이 피부에 찬 기운을 전한다.

귓불을 만져봤는데 추워서 그런지 거의 감각이 없다.

허공에 대고 하얀 입김을 내뱉고, 그 자리에서 열 번 제자리걸음을 했다.

 나는 지금, 도로 한가운데에 서 있다.

 지금부터 5구간을 달리는 각 지역 대표 중, 마지막 주자는 마흔일곱 명. 이렇게 복닥복닥 서서, 휘몰아치는 찬바람을 말없이 견디고 있는 것은 오로지, 이곳을 향해 달리고 또 달리고 있는 동료 주자들에게 한 장의 어깨띠를 넘겨받기 위해서다.

 "네 번째 주자가 이곳에서 500미터 지점을 통과한 순서대로 호명합니다. 호명된 선수는 출발선까지 와서 대기하세요—."

 확성기를 쥔 진행 요원 아저씨의 갈라진 목소리가 울려 퍼진다. 강한 간사이 사투리가 섞여 있는 탓에 그저 전달 사항을 알릴 뿐인데도 닦달하는 느낌이 있고 조금 무섭게 들린다. 그만큼 현장의 분위기를 바꾸는 효과는 뛰어나서 주위의 긴장도가 단번에 2단계 정도는 올라간 느낌이다.

 "4번, 4번—."

 일찌감치 번호가 호명된 선수가 벤치 코트를 벗고 출발선으로 나왔다. 미야코오지를 목표로 하는 이라면 누구나 아는, 여러 번 우승한 경험이 있는 역전 명문고의 유니폼이다.

그 선수의 다리를 보고 깜짝 놀랐다.

불끈 도드라진 장딴지 근육이 보통이 아니다. 여자가 저렇게까지 근육이 발달할 수 있나, 하고 멍하니 응시하는 사이, 등번호 4번 선수는 스트레칭을 하고 발목을 털며, "라스트!" 하더니 양손을 올려 좌우로 크게 흔들었다.

인파에 가려 코스를 볼 수는 없지만 목소리가 들리는 위치까지 4주자가 가까이 온 것이다.

이걸 증명하듯 우리 뒤쪽으로 선도 차량과 하얀 경찰 오토바이가 지나간다.

저편에 색색의 머리띠를 두른 선수들 중에서 4번이 맨 먼저 힘차게 박차고 나가는 게 보였다.

다음 선수가 아직 호명되지 않아 독주 상태로 어깨띠를 건네받은 것이다. 한편, 임무를 마친 선수는 허리에 손을 얹고, 달리기를 마친 사람들 특유의 양쪽 무릎 스트레칭을 하고, 어깨로 크게 심호흡을 한 후 녹초가 된 뒷모습과 함께 인도 쪽으로 사라져갔다.

선두 주자가 통과하고 1분 정도가 지났다.

"26번, 28번, 46번―."

드디어 세 명의 번호가 호명됐다.

그 뒤로 확성기를 통해 흘러나오는 갈라진 목소리가 잇달아 등번호를 호명했다. 주변에서 갑자기 철썩, 철썩 하고 피부를 때리는 소리가 들리기 시작했다. 추위 때문에 굳은 허벅지를 때려 조금이라도 근육을 풀어주려는 소리였다.

정말로 내가, 달리는 거다!

경기장에서부터 이 전달 구역까지 오는 셔틀버스에서도 눈발과 함께 뒤로 흘러가는 교토 거리를 바라보며 이대로 집까지 달려가주기를, 마음속으로 진지하게 바랐던 나다. 버스에서 내린 다음, 대기소로 지정된 병원 로비에서 처음으로 유학생 주자를 보았다. 육상 경기 잡지에서 본 적이 있는 사람이었다. 나와 사오리의 주특기인 중거리 고교 기록을 보유한, 대단히 유명한 선수였다. 놀랍게도 그녀는 나보다 키가 훨씬 작았다.

너무 긴장한 나머지 몸을 어딘가에 두고 온 것 같은 나와는 달리, 유학생인 그녀는 같은 디자인의 벤치 코트를 입은 여자 두 명과 잡담을 하고 있었다. 부원이 페이스메이커가 되어 전달 구역까지 함께 달려주는 것이다. 이름이 불리기 전까지 유학생은 다리 마사지를 받고 있었다. 혼자도 아니고, 캐러멜을 쪽쪽 빨고 있는 나와는 완전히 차원이 다르다.

그 유학생이 2그룹의 선두로 어깨띠를 넘겨받으며 출발했다.

"와, 끝내주네."

감탄이 절로 터졌다. 지금까지 본 적 없는 자세였다. 주변에 있던 선수들도 깜짝 놀란 표정으로 그녀의 뒷모습을 눈으로 좇고 있었다. 달릴 때의 다리 움직임이 확연히 달랐다. 달리기 위한 기계로 변신한 하반신에, 전혀 흔들림 없는 상반신이 고정되어 있는 것 같다. 튕기듯 땅을 차는 보폭의 크기며 그것을 지탱하는 근육의 탄력. 아, 정말 즐겁게 달리는구나, 하고 넋을 놓게 만들었고 그녀는 그런 달리기 자세로 눈 깜짝할 사이에 저만치 앞으로 달려갔다.

그녀의 잔상을 떠올리며 시선을 전달 구역으로 돌렸을 때였다.

"나는 네가 달리는 모습이 좋아. 큼직큼직하고 즐거운 느낌이 나거든."

너무 긴장한 나머지 도통 입맛이 없던 아침 식사 자

리에서 맞은편에 앉은 사오리가 던진 이 느닷없는 한마디가 달팽이관 안에서 다시 울렸다.

사오리한테 그런 말을 들은 건 처음이었다. 사오리의 민첩하고 스프링 같은 발동작과 앞뒤로 흔드는 팔의 박자감이 부러웠다. 나는 정교하지 못하고 쓸데없는 동작이 많다고 생각했기 때문에 사오리의 말에 놀랐고 순수하게 기뻤다. 그리고 덕분에 앞에 놓인 아침밥을 모조리 먹어치울 수 있었다.

사오리는 내가 유학생을 보고 즐거워 보인다고 생각했듯, 내가 달리는 모습을 보고 즐거워 보인다고 생각하고 있다!

유학생과 나는 수준 차이가 엄청나다. 그런데 신기할 정도로 허벅지에, 장딴지에, 발바닥에 용기가 차오르는 느낌이 들었다.

그렇게 온몸을 지배하던 긴장감이 사라지고 있는 게 느껴졌다.

그래, 나도 즐기자!

이렇게 큰 무대, 두 번 다시 경험할 수 없을지도 몰라. 물론 내년에도 다시 오고 싶지만 내가 또 달릴 수 있으리라는 보장은 없다.

그렇다면 이 순간을 충분히 즐겨야지. 처음이자 마지막이라는 각오로 미야코오지를 느끼지 않으면 아깝잖아, 사카토.

뻔뻔스러운 마음이 조금씩 커져가면서 달리기에 임하는 각오가 단단해졌다. 그리고 주변 풍경도 선명하게 보이기 시작했다. 물론 그건 절반의 선수가 이미 등 번호가 호명되어 대기조 인원 몇 명이 줄어든 때문인지도 모르지만.

빨리, 달리고 싶다—.

좀이 쑤셔 제자리에서 두 번, 세 번 점프를 하고 가볍게 몸을 풀었다.

이미 선두 주자가 통과하고 5분 이상 흘렀을 것이다.

드디어 내 번호가 불렸다.

순위가 좋은 편은 아니다.

하지만 그건 히시 선생님도 예상하고 있던 일이다. 각 지자체에서 실시된 예선 대회에서 다섯 명의 주자는 실전과 같은 거리를 달린다. 코스의 형태나 당일 날씨에 따른 영향은 어느 정도 있겠지만 미야코오지 본선에 참가하는 각 학교의 기록은 모두 공개되기 때문에 그 기록을 보면 자연스럽게 자기 학교의 위치를 알 수 있다. 우리 학교 기록은 47개교 가운데 36위.

"미야코오지는 모두가 처음이고, 하루아침에 좋은 성적이 나올 리 없으니까 이번엔 25위 정도를 목표로 하자."

히시 선생님은 이렇게 독려했으나 지금 이 자리에 남아 있는 선수는 다섯 명 정도. 이미 30위 밖은 자명해 보였다.

출발선에 서 있던 선수 네 명이 눈앞에서 하나둘 어깨띠를 건네받고는 쏜살같이 튀어 나갔다.

벤치 코트를 벗어, 파란 야구 모자를 쓰고 있던 진행 요원에게 건네고, 출발선에 섰다.

나와 거의 동시에 바로 옆에 빨간 유니폼을 입은 선수가 섰다.

키가 나보다 5센티미터 정도 크다. 추워서인지 긴장해서인지 핏기 없는 새하얀 피부에 입술만 선명한 붉은색을 띠었다.

일직선으로 가지런한 앞머리에 덮일 듯 말 듯 또렷하게 그어진 눈썹 아래로, 가늘고 긴 눈이 나를 내려다보고 있었다.

서로의 입에서 뿜어져 나오는 하얀 입김을 뚫고 시

선이 오간 순간, 그녀의 눈 A와 나의 눈 B를 잇는 직선 AB의 중간 지점 C에서 뭔가가 '타닥' 하고 튀는 소리가 들리는 듯했다.

상대는 시선을 주지 않았다.

나도 시선을 주지 않았다.

마치 확성기를 든 진행 요원 아저씨가 옆으로 지나간 게 신호라도 된 듯, 우리 둘은 같은 타이밍에 코스를 향해 뒤돌아섰다.

상대는 체격으로 보나 표정으로 보나 1학년은 아닌 것 같았다.

하지만 몇 학년이든 이 선수한테는 지고 싶지 않다.

걷잡을 수 없는 투쟁 정신이 샘솟았다.

그러고 보니, 지난밤 히시 선생님 방에서 "왜 전가요?"라며 울기 일보 직전의 몰골로 선정 기준을 물었을 때, 선생님은 이렇게 말했다.

"역전은 다 같이 싸우는 경기야. 하지만 가장 힘들 때는 누구든 혼자서 싸워야만 하지. 그래서 어디까지 싸울 수 있느냐는 종전 기록으로는 알 수 없어. 자, 1학년 중에 누가 혼자서 끈기 있게 싸울 수 있을까, 라는 물음에 주장도 고코미도 모두 맨 처음 말한 게 사카토,

네 이름이었어."

이어 '철의 연인 히시코'는 "내 생각도 같았지. 그러니까 죽을힘을 다해 달려줘"라고 전혀 눈 한 번 깜박이지 않는 표정으로 빙긋이 웃으며 말했다.

히시 선생님은 완전히 승부사 모드가 된 것 같아 너무 무섭고, 이 순간에도 두 선배가 나를 추천해준 것 역시 과대평가에 불과하다고 생각한다. 그런데 흩날리는 눈발 저 너머로 나와 똑같은 연두색 유니폼이 보인 순간, 이 모든 생각이 흔적도 없이 사라졌다.

"미리 선배, 조금만 더! 힘내요!"

젖 먹던 힘까지 끌어올려 외치며 나는 두 손을 머리 위로 크게 흔들었다.

눈발이 거세진 만큼 유니폼의 형광색이 도드라져 보였다. 미리 선배는 빨간색 유니폼을 입은 선수와 나란히 다가오고 있다. 누가 더 앞서 있는지 잘 분간되지 않았지만 일그러진 표정만 봐도 선배는 분명히 죽을힘을 다해 막판 스퍼트를 하고 있었다.

"미리 선배! 미리 선배!"

목이 터져라 선배의 이름을 외치는 내 옆에서 빨간 유니폼을 입은 선수도, "와카바! 와카바! 조금만 더 힘

내!" 하고 외치고 있다.

몸이 저절로 스타트 자세를 취한다.

아스팔트를 차는 운동화 소리가 부쩍 가까워지고, 피부에 닿은 눈이 녹은 건지 아니면 땀인지, 흥건히 젖은 미리 선배의 얼굴이 훅 하고 들어왔다.

괴로울 텐데 미소를 띠고 있다.

"곧장 뛰다가, 한 번만 오른쪽!"

새된 목소리와 함께 미리 선배는 어깨띠를 건네주며 내 등을 팡, 하고 때렸다.

★   ★   ★

니시오지 거리를, 마냥 내리 달렸다.

교토에서는 도로가 바둑판 격자무늬처럼 생긴 특징을 살려 도로 이름 뒤에 '윗 상上'과 '아래 하下'를 붙여 주소로 쓰는 관례가 있는 것 같다.*

---

* 교토의 시가지 거리는 바둑판처럼 모두 직각으로 교차하는 특징을 살려, 주소를 표기할 때 일반적인 표기법 외에 남북의 거리 이름과 동서의 거리 이름을 조합하여 그 교차한 곳에서

이 '상'과 '하'는 위치 관계를 나타내는 기호 대신 사용하지만 나는 말 그대로 니시오지 거리를 계속 내리달렸다.

 왜냐하면 마지막 5구간은 니시오지 거리의 완만한 내리막길 중간에서 시작하기 때문이다.

 "사카토, 브레이크 걸지 마. 어차피 잃을 건 아무것도 없으니까, 갈 수 있는 데까지 가는 거야!"

 히시 선생님은 이렇게 말하며 경기장에서 셔틀버스에 올라타는 나를 배웅했는데, 내리막길은 속도가 붙는 만큼 허벅지에 부담이 크다. 다시 평지가 나왔을 때 갑자기 다리가 움직이지 않는 경우도 있다. 그 차이를 계산하면서 달릴 수 있는 사람도 있겠지만 코스를 연습 달리기조차 해보지 않은 나한테는 애초에 불가능한 이야기다.

 '그렇게, 할 수 있을까?'

 마음 어딘가에서 불안감이 들어도 무아지경으로 니

 북쪽으로 갈 경우는 '上ル(아가루)', 남쪽으로 갈 경우는 '下ル(사가루)', 동쪽으로 갈 경우는 '東入ル(히가시이루)', 서쪽으로 갈 경우는 '西入ル(니시이루)'라고 표기한다.

시오지 거리의 내리막길을 힘차게 달렸다.

히시 선생님의 조언을 순순히 따랐다고도 할 수 있다.

하지만 그보다 옆에서 달리고 있는 빨간 유니폼 선수의 존재에 신경이 쓰였다는 게 더 큰 이유다.

어깨띠를 건네받은 건 내가 아주 조금 더 빨랐다.

하지만 곧바로 빨간 유니폼이 뒤따라왔다.

그 뒤로는, 언덕 내리막길을 둘이 거의 나란히 달리고 있다.

오른쪽 옆에서 핫핫, 하는 규칙적인 숨소리가 들려온다. 나보다 보폭이 커서 시야 끝에 비치는 그녀의 분홍 운동화의 움직임과 내 다리의 회전 리듬이 전혀 맞지 않는다. 그런데도 스피드가 같다니, 왠지 기분이 나쁘다고나 할까, 거슬린다.

좀 떨어지라고!

스피드를 올려 상대를 떨어뜨리려 해도 찰싹 달라붙어 따라온다.

그렇다면 차라리 내가 뒤로 가서 그녀를 바람막이로 이용하면 좋겠지만, 미리 선배가 앞서거니 뒤서거니 하다가 어렵게 쟁취한 선두 자리라고 생각하니 조금이라도 뒤처지는 게 화가 났다.

그러니까 이렇게 머리를 굴리게 만드는 것도 상대방의 작전이고 이런 식으로 주변을 의식하면서 달리면 경험이 부족한 거다. 아마 곧 페이스를 잃을 것이다.

위험한 순간에 페이스를 잃지 않을 수 있었던 것은 오른쪽의 빨간 유니폼보다도 왼쪽 연도에서 응원하는 시민들이 신경 쓰이기 시작했기 때문이다.

과연 전국적으로 텔레비전 중계가 되는 대회인 만큼 연도에서 응원하는 시민이 대단히 많다. 눈이 내리는 궂은 날씨이지만 인도는 발 디딜 틈이 없다. 어디에서 온 누군지도 모를 나에게 끊임없이 "파이팅!"을 외쳐준다.

응원에 화답해줄 여유는 물론 없었지만, 아까부터 힐끔힐끔 인도 쪽으로 시선이 가는 건 우리와 나란히 달리고 있는 사람이 있어서다.

마라톤 중계에서 가끔 보던, 그런 거다.

인도에서 선수와 나란히 달리는 관객……, 남자 초등학생부터 불량 청소년, 아저씨까지 다양한 연령층의 사람들. 특히 자전거를 타고 화면 귀퉁이에 등장하는 경우도 있다. 재미있게도 선수를 따라오는 건 거의 100퍼센트 남자들이다. 중요한 건 텔레비전 화면에 잡히고 싶어 하는 이들의 퍼포먼스인데, 자세도 무너지지 않고 페이스도 일정한 일류 선수들에게서는 볼 수 없는, '이렇게 열심히 달리지 않으면 따라잡을 수 없어. 중학생쯤 되어 보이는 저 아이, 전속력으로 달리고 있잖아' 싶은 리얼한 속도감을 느끼게 해주기 때문에 의외로 나는 그들이 좋다.

그 '나란히 달리는 관객'이, 어느샌가 왼쪽 인도에서 관전하는 사람들 뒤에서 우리와 같은 속도로 따라오고 있었다.

게다가 혼자가 아니다.

일고여덟 명이 무리 지어 달리고 있다.

시야 언저리에서 언뜻언뜻 사람의 형체가 나타났다가 사라질 때마다, 단편적인 정보가 축적되다가 드디어 무의식중에 하나의 답에 이르렀다.

저 사람들, 기모노 입고 있는 거 아냐?

레이스 중인데도 나도 모르게 고개를 돌리고 말았다.

곁눈질한 시간은 1초도 안 됐지만 고개를 정면으로 돌리고 나서도 한동안 머릿속에서 물음표가 어지럽게 춤을 췄다.

옆에서 달리고 있는 건 일고여덟 명. 늘 그렇듯이, 라고 해야 할까, 모두 남자. 어쩐 일인지 모두 거무스름한 기모노를 입고 있었다.

그뿐 아니라 머리에는 '상투'까지 틀고 있다.

개중에는 검은 헬멧 같은 걸 쓴 사람도 있었는데, 달리는 동작에 맞춰 상투가 머리 위에서 거짓말처럼 출렁였다.

게다가 한 명은 깃발 같은 걸 치켜들고 있었다.

'誠'*

이 한 글자가 숙소에 있는 방석보다 훨씬 큰 하얀 천 위에서 펄럭이고 있었다.

신센구미新選組?**

다시 한번, 힐끔 쳐다봤다. 분명 '誠'라는 글자가 남

---

* 마코토. 이 한 글자가 적힌 깃발은 신센구미를 상징한다.
** 에도 시대 말기에 쇼군의 신변 보호를 위해 조직된 비정규 조직이다. 나중에는 교토의 치안 유지를 목적으로 활동했다. 발족 당시에는 24명의 낭인과 농민으로 구성됐으나 절정기에는 230명이 넘었다고 한다. 1864년 존왕양이파 사무라이 20여 명을 참살한 이케다야 사건으로 이름을 떨치기 시작했다. 1867년에는 막부의 신하로 편입됐고, 이듬해에 시작된 유신정부군과 구막부군 사이에 벌어진 보신전쟁戊辰戰爭에서 참패한 뒤 해산됐다.

자들 머리 위에서 춤추고 있다.

그러니까, 신센구미 코스프레?

하지만 의상까지 제대로 갖춰 입고 옆에서 달리는 게 나 때문이라니, 이상하지 않아? 저렇게 눈에 띄고 싶어 안달이라면 선두에서 5분이나 뒤처진 1학년짜리 방향치가 아니라, 중계 카메라가 밀착 촬영해주는 선두 주자 옆에서 달려야지.

이런 쓸데없는 생각을 하는 순간, 불시에 '방향치'라는 세 글자가 뭔가를 호소하듯 머리 한구석에서 깜박였다.

어? 어느 쪽으로 돌아야 하지?

오른쪽?

왼쪽?

미리 선배가 "곧장 뛰다가" 다음에, 뭐라고 하면서 어깨띠를 줬더라?

출발했을 때보다 눈발이 확실히 더 거세졌다. 눈송이가 얼굴을 매섭게 때리면서 눈동자에 달라붙기까지 했지만 눈을 깜박이는 것도 잊고 달렸다. 하지만 생각하려 하면 할수록 유즈나 주장에서 시작해 선배들이 전달해준 어깨띠의 성과를 헛되게 할 수는 없다는 초

조함이 밀려와 오히려 머리가 움직이지 않는다.

큰일이네.

생각이 나지 않는다.

아냐, 그래도, 괜찮아.

이런 일이 생길까 봐 어느 쪽으로 돌아야 하는지 손등에 확실히 써놓았다. 어디 그뿐이랴. 눈에 녹지 않도록 유성펜으로 쓴 나의 용의주도함이여!

만약의 사태에 대비한 플랜 B. 얼른 왼쪽 손등을 확인하려는데, "젠장" 하고 중얼거리고 말았다.

나, 장갑을 끼고 있다.

등번호가 호명되기를 기다리는 동안, 벤치 코트 주머니에 두 손을 찔러 넣으니 장갑이 쑤셔 박혀 있었다. 그리고 아무 생각 없이 껴버린 거다!

이 바람에도, 이 눈발에도 빨간 유니폼 선수와 밀착해서 달릴 수 있는 건 예상외로 팔을 잘 흔들 수 있기 때문이다. 좌우 양팔이 만들어주고 있는 이 좋은 리듬을 포기하고 장갑을 벗기는 두려웠다. 게다가 분명히 신속하게 벗지 못하고 버벅거릴 자신이 있다.

아아, 대체 나는 어디까지 바보인가. 내가 원망스러웠다.

그때, 마치 플랜 B가 불가능하다면 플랜 C!, 라고 외치듯 히시 선생님의 믿음직한 말이 떠올랐다.

"어느 쪽으로 돌아야 할지 생각나지 않아도 커브를 도는 교차로까지 가면, 코스를 따라 삼각 고깔이 놓여 있을 테니까 괜찮아."

그래, 고깔을 따라 달리면 되니까 교차로까지는 신경 쓸 거 없다고 자신을 격려하며 다시 전방으로 시선을 향했을 때, 바로 절망하고 말았다.

이 무슨 심술인지, 한층 더 거세진 눈발 때문에 앞이 전혀 보이지 않는다.

아무리 눈에 힘을 주고 봐도, 바로 10미터 전방도 하얗고 희미하다.

그때, 인도에서 도로 쪽으로 한 걸음 정도 나온 곳에 '중간점'이라고 쓰인 현수막을 들고, 추위에 떨며 서 있는 듯한 파란 야구 모자를 쓴 진행 요원이 보였다.

중간점을 지나면 돌아야 할 교차로는 바로 코앞일 것이다.

조금이라도 유리한 코스를 선점하면서 동시에 커브를 돌아 옆에서 달리고 있는 빨간 유니폼 선수를 따돌리고 싶었다.

'왼쪽이다.'

왠지, 강하게, 이렇게 생각했다.

어제는 직진으로 달리다가 오른쪽으로 돌아서 틀렸다. 그렇다면 이번 정답은 분명 왼쪽이다.

마치 신의 계시를 받은 듯 '왼쪽'이라는 음성이 머릿속에서 울려 퍼진다.

'좋아.'

인코스에서 단번에 속도를 올리려고 옆 선수보다 먼저 왼쪽으로 움직였다. 인도에서 달리는 이상한 무리가 아직도 시야 언저리에 잠깐씩 비친다.

인도에 훨씬 가까워진 덕에 그들이 외치는 소리까지 들리기 시작했다.

갑자기 "단칼에 쳐버리겠어"라는 살기등등한 목소리가 날아오는 바람에 세 번째 시선을 던지고 말았다.

그대로 2초간 응시했다.

'誠'라 쓰인 깃발 앞뒤로 여러 명이 머리 위로 검 같은 걸 휘두르는 게 보였다. 아냐, 역시 검은 잘못 본 거겠지? 왜냐하면 그들과는 불과 몇 미터 거리였지만 바람 때문에 눈이 미친 듯 휘날려 시야가 부옇게 흐렸기 때문이다.

아무래도, 이 사람들, 뭔가 수상하다…….

눈에 띄기 위해 달린다고는 생각하기 어려운, 필사적인 얼굴로 비탈길을 내달리고 있다. 무엇보다 아무도 나를 보고 있지 않다. 아니, 오히려 내가 그들을 쫓아가고 있는 것처럼 보인다.

더 이상한 것은 연도에 서 있는 사람들 가운데 누구도 뒤돌아보는 사람이 없다는 점이다. 저렇게 여럿이, 게다가 괴성까지 지르며 달리고 있는데 아무도 그들을 주목하지 않는다. 전혀 아랑곳하지 않고 우리를 응원하고 있다. 혹시 뒤에서 달리는 저들의 존재를 의식하지 못하고 있나……? 불현듯 이런 생각이 들었다.

"오른쪽이야, 오른쪽!"

그때 갑자기 뺨을 갈기는 듯한 날카로운 소리가 울렸다. 나는 화들짝 놀라 왼쪽으로 이동하던 움직임을 멈췄다.

눈발이 잦아들면서 전방의 시야가 순식간에 환해졌다. 니시오지 거리에서 고조 거리로 이어지는 교차로……, 거기에는 붉은 삼각 고깔이 오른쪽으로 곡선을 그리면서 기다리고 있었다.

"곧장 뛰다가, 한 번만 오른쪽!"

이제야 미리 선배의 목소리가 선명하게 기억났다.

벌어지기 시작한 빨간 유니폼 선수와 간격을 다급히 좁혀갔다. 다행히 거의 손실 없이 코스를 수정한 나는 빨간 유니폼 그녀와 다시 어깨를 나란히 하고 오른쪽 커브로 들어섰다.

★　★　★

대부분 셔터가 내려진 우리 동네 역전 상점가와 달리 여기는 가게들이 앞뒤로 즐비하다.

"굉장하네!"

"당연하지, 신新교고쿠잖아. 교고쿠가 새로워진 거니까, 천하무적이지."

나의 순진한 감탄에 옆에서 걷던 사오리는 이해할 수 없는 논리와 함께 끝없이 이어지는 아케이드를 두 팔을 벌려가며 소개했다.

우리는 들떠 있었다.

오후 3시 반에 출발하는 신칸센을 타기 전까지 자유 시간을 만끽하기 위해 아침부터 사찰을 구경하고, 신사를 구경하고, 점심으로 오야코돈*을 먹고, 말차 파르

페를 먹었다.

 눈도 그쳤고 어제의 험악했던 날씨도 거짓말처럼 아침부터 쾌청하다. 숙소 직원이 가르쳐준 야사카 신사 근처의 맛있는 센마이즈케를 파는 가게에서 장아찌를 엄청 많이 산 사오리는 내가 향을 고르러 가는 길에도 동행해주었다.

 "히시코의 엄명이라서. 사카토를 혼자 다니게 두면 또 미아가 돼서, 교토역에 집합 시간까지 못 올 테니 네가 사카토 옆에 꼭 붙어 다녀라. 알았지!, 라고 했거든."

 히시 선생님의 말투를 흉내 내면서 사오리는 고개를 끄덕이며 향 가게가 표시된 지도를 보았다.

 "좀 멀긴 하지만 우리 조깅하면서 가볼래? 어제 네가 달리는 걸 보니 나도 달리고 싶어서 근질근질해. 어때? 달리자."

 사오리는 두 팔을 들어 달리기 포즈를 취했다.

 "오, 좋아!"

---

* 일본식 닭고기덮밥으로 주로 닭 다리 살, 달걀, 파를 소스와 함께 익혀 만든다. 이름은 닭과 달걀을 '오야(부모)'와 '코(자식)'에 비유한 데서 유래했다.

우리 둘 다 평소 운동이 끝나고 입는 벤치 코트에 러닝화 차림이라 배낭을 고쳐 메고 바로 달리기 시작했다.

다리 가장자리로 난 계단을 내려가 가모강* 강변에 서니, 상류 쪽에는 머리에 눈을 얹고 완만하게 늘어선 산들이 보였다. 하늘은 완전히 맑게 개었다. 평온한 강물 소리를 들으며 핫핫, 하얀 입김을 뱉으며 달리는 건 깜짝 놀랄 만큼 기분 좋았다.

다시 다리 가장자리로 난 계단을 올라 거리로 들어선 다음에는 도로 폭이 넓은 니시오지 거리에서 보았던 어제의 풍경과는 사뭇 다른, 일방통행의 좁은 도로를 사오리를 따라 달렸다. 사오리는 나와 정반대다. 지도를 한 번만 보면 실수 없이 그곳으로 향하는 특별한 능력의 소유자다. 사오리가 안심하고 내비게이션이 되어준 덕에 무사히 '란자도蘭麝堂'라는 향 가게를 찾을 수 있었다. 거기에서 엄마한테 부탁받은 향을 구입하고, 그다음에는 신칸센 시간까지 느긋하게 즐길 생각으로 이곳 신교고쿠의 아케이드까지 온 것이다.

---

* 교토를 남북으로 흐르는 강으로 교토 역사, 문화의 배경이며 시민들의 휴식처다.

아케이드에서는 어제 대회에 출전한 학교 학생들과 몇 차례 스쳤다.

어떻게 알았냐면 하나같이 우리처럼 학교 바람막이나 벤치 코트를 입고 있었기 때문이다. 등에는 학교 이름이 떡하니 박혀 있어서 단박에 대회에 출전한 학교라는 걸 알 수 있다.

완전히 여유로운 기분으로 관광하고 있는 그들(남자팀 학생들도 있었다)의 모습은 어디에서나 볼 수 있는 고등학생 분위기였고, 그 표정에는 '우리는 우리 고장을 대표해서 미야코오지를 달렸습니다!'라며 자랑스러워하는 모습이 희미하게 깃들어 있어 나까지 괜스레 쑥스러워졌다. 대화는 나누지 않았어도, 아주 잠깐 서로 시선을 맞춘 것만으로도, 서로의 건투를 다독여주는 무언의 격려가 혼잡함 속에 오갔다.

특별한 목적 없이 그냥 느긋하게 한 바퀴 돌아볼 요량이었지만, 나도 모르게 기념품 가게로 이끌려 들어갔다. 가게 안에 신센구미 상품이 진열되어 있는 것을 발견했기 때문이다.

여태 어제의 신센구미 코스프레 무리에 대해 까맣게 잊고 있었다.

그도 그럴 것이 내리막길이 계속된 니시오지 거리에서 오른쪽 커브를 돌아 고조 거리로 들어선 다음, 경기장까지 남은 2킬로미터가 특히 더 힘들었다. 정말 죽는 줄 알았다. 너무 힘들어서 그 부분만 기억에 남고, 이상한 사람들이 달렸던 것 따위는 생각도 나지 않았다.

오늘 아침부터 히시 선생님을 비롯해 부원 모두가 기분이 좋았던 건, 물론 대회가 끝나서 부담감에서 해방된 이유도 있지만 거기에 경기 결과의 기쁨이 더해졌기 때문이다.

히시 선생님의 목표였던 20위권, 그걸 우리가 달성했다.

29위. 아슬아슬하지만 20위권에 들었다.

나의 출발 지점에서 어깨띠를 건네받았을 때의 순위는 32위였다. 그러니까 마지막 주자인 내가 순위를 끌어올린 것이다. 게다가 5구간을 달린 선수들 가운데 내 성적은 10위. 실력을 현저하게 뛰어넘는 기록에 부원 모두가 놀라워했는데, 누구보다 어안이 벙벙했던 건 나 자신이었다.

'철의 여인 히시코'는 평소의 쿨한 모습은 온데간데없고, 괴성을 지르며 무자비하게 달려들어 막 결승점을 지난 나를 끌어안았다. 나는 다리가 후들거리고 한시라도 빨리 부원들에게 달려가고 싶었기 때문에 상당히 곤혹스러웠다.

"맞아, 이 깃발이야! 이 '誠' 깃발을 든 사람들이 기모노 차림으로 내 옆에서 달려서 깜짝 놀랐어."

한가운데에 '誠'라는 글자가 들어간 열쇠고리를 집어 들고, "그치만 그 사람들이 들고 있던 깃발에는 아래에 이런 톱니바퀴 모양은 없었는데"라고 말하면서 뒤돌아보니 거기에 사오리는 없었다.

"응?"

좁은 기념품 가게 안을 둘러봤지만 나 외에 다른 손님은 아무도 없다.

당황해서 열쇠고리를 제자리에 두고 가게 밖으로 나왔다.

몇 발자국 앞서 걸어가던 사오리에게 말하고 가게로 들어간 건데, 못 들었는지 놓치고 말았다. 아케이드 저 앞쪽을 봐도 사오리의 벤치 코트는 보이지 않는다.

설마 나, 또 미아가 된 건가?

울고 싶은 심정으로 뒤돌아보니 거기에 사오리가 있었다.

"다행이다, 또 미아 된 줄 알았어."

가슴을 쓸어내리며 말하자, "저 애" 하며 사오리가 손가락으로 가리켰다.

사오리의 시선 끝에는 다른 기념품 가게에서 물건을 사고 있는, 보라색 바람막이를 입은 무리가 있었다. 그 아이들 등에도 역시 어제 역전에 참가한 학교 이름이 쓰여 있다.

"제일 앞쪽, 키 작은 애."

사오리가 말한 지점에 초점을 맞추자, 분명 다른 애들보다 키가 작은 여자애가 야쓰하시*를 들고 웃는 얼굴로 부원들과 얘기를 나누고 있다.

"아는 애야?"

"내가 반환 지점에서 응원했잖아. 그래서 쟤가 3구간 주자로 내 앞을 지나는 걸 봤어. 쟤도 1학년이야."

나는 아아, 하고 고개를 끄덕였다.

"나도 달리고 싶었어."

내 말소리와 거의 동시에 사오리가 중얼거리듯 불쑥 말했다.

---

* 교토를 대표하는 전통 과자로 찹쌀가루와 설탕, 계피로 만든다.

"아주 잠깐, 잠깐이었지만 고코미 선배 대신에 1학년이 뛰게 됐다는 얘기를 들었을 때, '왜 내가 아니지?' 싶었어."

나도 모르게 사오리를 향하는 내 얼굴을, 사오리는 다 안다는 듯 손으로 막으며 이어 말했다.

"네가 히시코 선생님 방으로 불려 갔을 때, 나도 유즈나 주장한테 식당으로 불려 가서 주자가 바뀐다는 얘기를 들었어. 주장이 내가 기록은 더 좋지만 선생님이랑 고코미 선배랑 셋이 상의해서 너로 정했다고 하더라. '왜?' 싶은 생각이 들었지만 아무 말도 하지 않았어. 방으로 돌아오니까 너는 유령처럼 새하얗게 질려 있었고, 아침밥 먹을 때도 좀비 같은 얼굴로 엄청 긴장한 게 보였고……."

"그, 그래서 그때 그런 듣기 좋은 말을 해준 거야?"

사오리가 아침 식사 자리에서 달리는 내 모습이 좋다고 갑자기 고백해준 덕에 교체 선수가 된 이후 처음으로 마음에 여유가 생겼고 밥도 넘어갔다.

"듣기 좋은 말?"

아냐! 하고 사오리는 지나가던 사람들이 쳐다볼 정도로 큰 소리로 말했다.

"나는 정말로 너 달리는 모습이 좋아. 마지막 주자로 달리는 모습도 보고 싶었어. 직접, 응원하고 싶었다고! 화면으로 조금 봤는데 그렇게 온 힘을 다해 달리는 네 얼굴은 처음이었어. 굉장했고 멋졌어. 그리고 그걸 보고 깨달았어. 나는 아직 저렇게까진 못해. 그래서 선생님도 선배들도 널 선택한 거구나, 라고."

 듣기 좋은 말이라는 최악의 말을 해서 미안하다고 하고 싶은데, 코 저 안쪽이 찡하면서 목소리가 목에 걸려 나오지 않는다.

"지금은 내가 왜 안 뽑혔는지 이해가 돼. 근데 활짝 웃는 얼굴로 쇼핑하고 있는, 나랑 같은 1학년인 저 애 앞을 지나면서 깨달은 거야. 나도 달리고 싶었다는 걸."

 새빨갛게 충혈된 사오리의 눈과 정면으로 마주쳤을 때, 히시 선생님의 출전 명령에 하늘이 샛노랬었다는 핑계로 사오리의 마음 씀씀이도, 사오리가 당연히 느꼈을 기분도 전혀 알아채지 못하고, 아무것도 보지 못한 나를 깨달았다.

"아냐, 나도 혼자 달린 게 아냐."

 네 말에 용기를 얻었단 말이야. 이 중요한 말을 하려는 찰나였다.

"아, 큰일 났네."

사오리가 갑자기 손목시계의 시간을 확인했다.

"나 좀 다녀올게."

"응?"

"1분 후에 다 구워져. 언니가 대만 카스텔라 사 오라고 했거든. 지금 다녀올게. 아까 거기, ○○○에서 만나자."

사오리는 내가 대답할 틈도 주지 않고 휙 돌아서서 아케이드에 가득한 인파 저편으로 휙휙 달려갔다.

바로 뒤쫓아갔어야 했는데 발이 떨어지지 않았다. 게다가 공교롭게도 옆을 지나던 외국인 관광객들의 웃음소리에 묻혀 가장 중요한 약속 장소 이름을 놓치고 말았다.

내게 혐오감이 석유처럼 끝없이 분출되며 가슴 안쪽으로 걸쭉하게 퍼지는 걸 느끼면서, 일단 사오리가 사라진 방향으로 천천히 걸어갔다.

대만 카스텔라 가게는 어느 쪽 아케이드일까? 어디든 내가 선택하지 않은 아케이드에 있을 거라는, 절대적인 믿음이 있었다. 그러니까 나는 반드시 틀린다. 그리고 사오리와 길이 엇갈려 다시 미아가 되고, 민폐를 끼칠 것이다······.

핸드폰으로 사오리에게 전화를 걸어봤다. 달리고 있는지, 아니면 카스텔라를 사고 있는지 받지 않는다. 그렇다면 여기에서 사오리한테 전화가 오기를 기다리는 편이 낫다. 산에서 조난당했을 때는 돌아다니지 말고 구조대가 올 때까지 그 자리에서 기다리라는 말도 있지 않은가.

마침 바로 앞에 맛있어 보이는 가라아게* 가게가 있다. 향 가게까지 한바탕 뛰어갔다 오기도 했고 살짝 배가 고프다. 벤치도 있다. 저기서 기다리고 있으면 어느 아케이드에서든 보일 테고, 만약 사오리가 돌아오면 서로 발견할 가능성이 훨씬 높을 것이다.

그래서 줄을 서서 가라아게 한 봉지를 샀다.

벤치에 앉아 이쑤시개가 박혀 있는, 가린토** 정도 크기의 가라아게를 집어 높이 들고는, 가라아게 가게가

---

* 일본의 튀김 요리로 일반적으로 닭튀김을 말하지만 고기, 해산물 모두 가능하다.
** 이스트를 넣어 반죽한 밀가루를 손가락 정도 크기로 튀긴 다음, 꿀을 발라 건조시킨 일본 과자다. 한국 과자 '맛동산'의 원조다.

나오도록 사진을 한 장 찍었다.

"광장처럼 생긴 곳에 있는 가라아게 가게 앞에 있어."

사오리에게 라인LINE으로 메시지를 보냈다.

그리고 한 개를 오물오물 먹었다.

생각보다, 맛있다.

두 개, 세 개 쉬지 않고 입에 넣고 있는데, 비어 있던 옆자리에 누군가가 앉았다. 나랑 같은 파란색 벤치 코트여서 벌써 사오리가 왔나 했다.

"와우, 빨리 왔네. 대만 카스텔라는 무사히 샀어? 아니, 그보다 진짜 미안. 나, 머릿속에 달리기 생각밖에 없어서 네 기분을 전혀 생각 못했어. 그치만 달리기 전에 네 말이 떠올랐고, 그래 즐기자, 하는 용기가 났고, 누구랑 달리든 절대 지지 않겠다는 각오를 할 수 있었어······."

고개를 숙인 채 내 마음 전부를 다 쏟아낸 건 좋았는데, 막상 고개를 드니 거기 있는 건 사오리가 아니었다.

"아."

그렇지만 모르는 얼굴도 아니다. 아니, 그 정도가 아니라 어제 5구간 코스를 어깨를 나란히 하고 달렸던 상대 선수였다.

"어, 어어엇."

나는 말문이 막힌 채 몸을 뒤로 뺐다.

"대만 카스텔라, 무사히 샀냐니? 그게 무슨 얘기야?"

어깨띠를 건네받기 전, 전달 구역에서 처음 눈이 마주쳤던 그때 그 모습 그대로, 일직선으로 가지런히 자른 앞머리 아래로 날카로운 눈빛을 쏘며 말했다. 중저음의 목소리와 함께 아라가키 니나는 이쑤시개 끝에 꽂혀 있는 가라아게를 입으로 가져갔다.

★   ★   ★

유니폼은 그렇게 빨간색이면서 어째서 벤치 코트는 우리랑 똑같은 파란색이지? 머릿속으로 이런 생각을 하면서, "미, 미안해요. 친구로 착각했어요"라고 온 힘을 다해 사과했다.

허엉, 하고 알았다는 뜻인지, 아무래도 상관없다는 뜻인지 알 수 없는, 의성어 같은 소리가 아라가키 니나의 콧속 저 안에서부터 흘러나왔다.

어째서 이 친구의 이름을 알고 있냐 하면, 5구간의 구간 기록 속보 데이터에 실려 있었기 때문이다. 나보다 9초 빠르고, 순위는 8위. 구간별로 입상자를 정하는 시스템은 아니지만 대부분의 육상 경기에서는 8위까지를 입상으로 간주하는 경우가 많은 만큼 무의식중에 대단하다는 감탄과 동시에 이름까지 외워졌다.

그렇다, 유감이지만 나는 이 선수한테 졌다.

경기장에 들어오기 직전, 막판 스퍼트를 하는 이 선수를 따라잡을 만큼의 체력이, 내게는 남아 있지 않았다. 막판에 적나라하게 실력 차를 확인한 완패였다.

하지만 이 선수한테는 지고 싶지 않다는 일념으로 따라붙었기에, 경기장 도착 직전 1킬로미터 지점에서 선행 그룹을 따라잡고, 그 기세를 몰아 네 명을 추월할 수 있었다.

참고로 이 선수는 2학년. 이것도 속보 데이터로 안 사실이다.

"저……, 고마웠어요."

최고의 선도 역할을 해주어 감사한 마음을 모아서 나는 작게 고개를 숙였다.

아라가키 선수는 미간을 찌푸리더니 한동안 내 얼굴을 빤히 살폈다.

"뭐가?"

그녀는 가늘고 긴 눈을 더욱 가늘고 길게 만들며 물었다.

그런가, 느닷없이 '고맙다'라고 하면 모르겠구나.

"음, 그러니까, 제가…… 전날 갑자기 출전이 결정돼서, 마음의 준비가 전혀 안 돼 있었어요. 근데 아라가키 선수한테 딱 붙어서 정신없이 달리다 보니 지금까지 제 인생에서 최고가 아닐까 싶을 정도로 좋은 경주를 할 수 있었거든요. 덕분에 잘 달려서 그에 대한 감사입니다, 네."

보충 설명을 하기는 했지만 오히려 완전히 수상한 사람이 되고 말았다.

"내 이름, 알고 있었구나."

"죄, 죄송해요. 속보 데이터에서 봤어요."

허엉, 하고 또 콧구멍 저 안에서 나오는 소리를 내며 아라가키 선수는 가라아게를 입에 넣고는 "이거, 맛있네" 하고 나직이 중얼거렸다.

"1학년?"

"네."

"이름은?"

"사카토입니다."

사카토, 라고 되뇌는 아라가키 선수의 옆얼굴을 이 사람, 피부가 참 깨끗하구나, 라고 생각하며 바라봤다.

"어제, 추웠지?"

"에, 네."

"눈이 너무 많이 왔어."

"오늘은 따뜻해서 다행이에요."

"근데, 왜, 그때 왼쪽으로 붙었니?"

손에 쥔 가라아게를 입으로 가져가던 동작을 멈추고, 무슨 말인가 싶어 상대를 빤히 쳐다봤다.

"고조 거리 커브 전에, 갑자기 왼쪽으로 붙었잖아. 무슨 이유가 있었어?"

"아아."

얼굴이 훅 상기됐다.

"아니, 그건……."

이쑤시개를 손가락으로 만지작거리며, 그 위에 달린 가라아게를 괜스레 빙글빙글 돌리며 말했다.

"제가 지독한 방향치거든요. 그렇게 간단한 코스인데도 비탈을 내려온 다음, 어느 쪽으로 꺾어야 하는지 까먹어서…… 눈 때문에 앞도 전혀 안 보이고. 그래서 느낌상 '왼쪽'이라고 믿고 앞질러 가려고 그랬어요"라고 솔직하게 대답했다. 아아, 실전 코스를 감으로 정하려 하다니, 바보 중의 바보다.

창피를 무릅쓰고 고백한 건데 왠지 반응이 없다. 너무 기가 차서 할 말이 없나 보다 하고 고개를 숙인 채 가라아게를 입에 넣었다. 오랜만에 먹는 가라아게인데 맛이 안 느껴졌다.

"뭐야."

무척이나 김빠진다는 투로 중얼거리는 소리가 들렸다.

"녀석들을 본 게 아니잖아."

"녀석들요?"

나도 모르게 고개를 들었다.

"일부러 바싹 붙었나 했거든."

"일부러…… 라니, 무엇에요?"

"됐어, 잊어. 그냥 한 말이야."

"혹시 코스프레한 사람들 말이에요?"

왠지 그 사람들이 떠올라서 생각나는 대로 말했다.

"봤어?"

아라가키는 흠칫 놀랄 만큼 얼굴을 바싹 들이대며 물었다.

"봤…… 는데."

"녀석들 목소리도 들었어?"

"목소리라……, '단칼에 쳐버리겠어'라면서 소리를 질렀던 거 같기도……."

문득 든 생각인데, 이 사람 굉장히 예쁘다. 가라아게를 넣기 직전, 입을 벌린 채 움직임이 멈춰 있는데, 그래도 예뻐 보이니 틀림없는 미인이다.

"그 사람들 조금 이상했어요. 왜 아무도 보지 않는 그런 곳에서 열심히 눈에 띄려 했을까요? 그렇게 옷까지 제대로 갖춰 입고서."

아라가키는 가라아게를 입에 넣고 천천히 씹으며 말했다.

"녀석들 모습이 어땠어?"

심문하는 듯한 말투다.

"모습이요?"

옆에서 뛰었으면 같은 걸 봤을 텐데, 이상한 질문이라고 생각하면서 일고여덟 명 정도였고, 다 남자였고, 기모노를 입고 있었다, 깃발을 들고 있었다, 맞다, 상투를 틀고 있었다, 헬멧 같은 걸 쓴 사람도 있었다, 라고 도중에 생각난 기억까지 보태서 말하고 있는데 아라가키는 어딘가 멍한 표정으로 내 얘기를 듣고 있었다.

"못 봤어요?"

"봤어."

뭘 당연한 걸 묻느냐는 듯한 말투였다.

"그런데……."

그러더니 갑자기 목소리를 낮춰 말했다.

"그 사람들, 존재하지 않아."

"존재하지 않는다고요?"

무슨 말인가 싶어 상대를 쳐다봤다. 기분 탓인가. 아라가키 선수의 얼굴은 눈발이 휘날리는 전달 구역에서 어깨띠를 건네받기 전보다 더 창백해 보였다.

"중간 지점 조금 못 간 곳에, 우리 학교 부원이 응원하며 서 있었어. 어제 호텔로 돌아온 다음에 그 근처에서 이상한 녀석들이 달리고 있었다는 게 생각나서 물어보니까 응원하던 세 명 모두 그런 사람들 모른다, 목소리도 들은 게 없다는 거야."

"앞쪽에만 집중해서 다른 데서 나는 소리는 못 들은 게 아닐까요?"

이렇게 말하면서도 그러고 보니 연도에서 응원하던 사람들 가운데 자기들 뒤로 사람들이 그렇게 떠들썩하게 지나가는데도 돌아본 사람이 하나도 없었다는 사실이 생각났다.

그 정도로 모든 사람이 집중해서 구경하고 있었다는 건가? 아니, 선두 주자라면 모를까, 우리 같은 후순위한테 그럴 리가.

"후배 중 한 명이 동영상을 찍었길래 보여달라고 했어. 달리고 있던 그 녀석들, 계속 뭐라고 외쳐댔으니 목소리가 남아 있을 텐데 동영상에는 아무것도 없었지. 그뿐 아니라 모습도 찍히지 않았어."

"네?"

"우리가 카메라를 지나간 다음 뒷모습을 찍을 때, 아주 잠깐이지만 인도 쪽도 같이 찍혔거든. 그런데 인도에서 달리는 사람은 아무도 없더라고. 내가 잘못 본 걸까, 오늘 하루 종일 생각했는데……, 너한테도 보였구나. 다행이네. 달릴 때도 그 녀석들이 너무 신경 쓰였는데…… 검 같은 걸 흔들어 대고 있었고, 구경꾼치고는 살기등등하고, 분위기가 조금 험악했어. 그치만 만약 녀석들이 없었다면 내가 위험했겠는걸."

그러고는 아라가키 선수는 손에 들고 있던 이쑤시개 끝을 홱 내 가슴 쪽으로 향하며 말했다.

"네가 갑자기 왼쪽으로 붙었잖아? 점점 그 녀석들 쪽

으로 가길래 설마 시끄럽다고 주의를 주려고 그러나 싶었거든. 위험하니까 말 걸지 말라는 뜻으로 소리 지른 건데, 설마 그게 코스를 틀려서일 줄이야."

이 말을 듣자마자 마치 지금 내가 비탈길을 달려 내려가고 있는 듯한 감각과 함께 "오른쪽이야, 오른쪽!"이라고 외치던 목소리가 되살아났다.

"그거, 아라가키 선수였어요?"

"내가 아니면 누구였겠어?"

다시 한번 "감사했습니다!"라고 이번에는 깊이 허리 숙여 인사했다.

"그런데 동영상에 찍히지 않은 건 이상하네요. 그렇게 여럿이 달렸고, '誠' 깃발도 들고 있었고, 그거 신센구미 코스프레 같죠?"

아라가키 선수는 '아, 알고 있었어?' 이런 느낌으로 힐끔 쳐다보고는 마지막 가라아게에 이쑤시개를 꽂았다.

"그 사람들, 진짜였을지도 몰라."

"진짜요?"

응, 진짜, 하고 아라가키 선수는 입을 크게 벌리고 가라아게를 덥석 물었다.

"부원 중에 신센구미 열혈 팬이 있거든. 아니, 사실은 신센구미 자체보다는 검(?)을 더 좋아하는 거 같지만. 아무튼 그 녀석이 하도 가자고 귀찮게 굴어서 오전에 부원 전체가 미부壬生까지 갔어. 거기에 신센구미가 이용한 진영이랑 무덤 같은 게 있거든. 지도에서 보니까 우리가 달렸던 니시오지 거리하고도 꽤 가깝더라고. 딱 그 미부에서 니시오지 거리로 나온 그 지점이야. 내가 그들을 본 게."

"혹시……, 진짜 신센구미가 미부에서 나와서, 우리랑 함께 달렸다는 거예요?"

"그럴지도 몰라."

"신센구미가 지금도 있어요?"

엥? 하고 아라가키 선수는 눈이 휘둥그레졌다.

"사카토, 너 바보냐?"

가차 없는 비난으로 한 대 맞았다.

"그, 그러니까 지금, 진짜 신센구미라고……."

"내 말뜻은 옛날 신센구미를 진짜로 본 게 아니냐는 거지. 동영상에 찍히지도 않았고."

상대가 뭘 주장하려는 건지 선뜻 이해되지 않았다. 하지만 이해가 안 되면 안 되는 대로 입에서는 제멋대로 반론이 튀어나왔다.

"그, 그치만 신센구미 사람들은, 모두 파란 조끼 같은 걸……, 우리가 입는 코트보다 좀 더 하늘색 같은 옷을 입었잖아요. 기념품 가게에서도 그런 일러스트가 그려진 신센구미 상품을 많이 봤는데, 내가 본 사람들은 분명히 '誠' 깃발을 들고 있기는 했지만 옷은 거무스레했다고요."

"청록색 진바오리* 말이지. 하지만 정말로 그 진바오리를 입었는지 어떤지는 자료에도 기록이 없고, 최근에는 시대극에서도 안 입는 거 같던데. 이건 아까, 미부에서 주워들은 거야."

"신센구미는 아주, 아주 옛날 사람들이죠?"

"음, 160년 정도 전?"

"그럼, 우리가 죽은 사람들을 봤다는 거예요? 말도 안 돼!"

흥분했는지 음 이탈까지 내며 말하는 내게, 먼저 말을 꺼낸 사람은 아라가키 선수이면서, 오히려 놀리는

---

* 비바람과 추위로부터 갑옷을 보호하기 위해 입던 소매가 없는 겉옷이다. 원래 전장에서 갑옷 위에 걸쳤지만 17세기 이후에는 전장이 아니더라도 무사의 상징으로 걸쳤다.

듯한 눈빛으로 "그치만 한심한 대학생이 코스프레 놀이를 한 것보다는 그게 더 낫지 않아? 진짜로 있을지도 몰라. 여기는 교토니까"라며 진심인지 아닌지 알 수 없는 말투로 이어 말했다.

어제보다 훨씬 따뜻한데도 섬뜩한 감촉이 등줄기를 타고 스멀스멀…… 뭐, 이런 건 전혀 없다.

"에이, 그게 뭐야?"

확 김이 빠진 느낌이 들었다. 그럴 리가 없잖아.

"찾았다, 사카토!"

그때, 저 앞에서 하이 톤의 목소리가 들려왔다. 손을 흔들며 이쪽으로 달려오는 사오리의 모습이 보였다.

"아, 다행이다. 무사히 만났네. 역시 사오리야."

무심코 중얼거리는 내 옆에서 "혹시, 지금도 미아 상태였어?"라며 아라가키 선수가 어이없다는 듯이 말했다.

곧장 달려올 줄 알았는데, 사오리는 가라아게 가게를 발견하자 급정거를 했다. 몇 번인가 나와 눈빛을 교환한 다음, 사오리도 배가 고팠는지 자석에 이끌리듯 대기 줄로 빨려 들어갔다.

"저 친구야? 나인 줄 모르고 사과한 사람이?"

사오리의 손에 대만 카스텔라처럼 보이는 종이봉투

가 들려 있는 걸 보고 무사히 샀구나, 하고 생각하면서 "아니, 그건……" 하고 우물거리는 내게, "왜 사과를 해야 해? 마지막 주자의 책임을 다했는데, 그런데도 싫은 소리를 들은 거야?" 하고 아라가키 선수는 어딘가 화가 난 말투로 야멸차게 따졌다.

막판 스퍼트 때도 이런 느낌이었는데. 문득 어제 5구간 후반이 떠올랐다. 아라가키 선수는 나라는 존재는 전혀 아랑곳하지 않고, 아무 계산도 하지 않고, 단번에 속도를 올리더니 그대로 나를 제쳤다.

"그게 아녜요."

이런 말을 다른 학교 사람한테 해도 되나 싶었지만, 사오리가 기록이 더 좋은데 내가 선배 대신 주자로 뽑힌 거다, 그런데도 내 코가 석 자라서 주변을 살필 여유가 없었다, 등등 설명하고 있는데 "그런 거, 사과할 필요 없어"라며 깜짝 놀랄 만큼 강한 말투로 아라가키 선수가 말허리를 끊었다.

"사과보다, 네가 해야 할 일은 하나야."

"네?"

"내년에 다시, 여기에 오는 거야. 네가 달리고, 저 친구도 데려오는 거야. 그리고 미야코오지를 함께 달리는 거지. 그게 전부야."

 이쑤시개 끝에 가라아게를 꽂은 채로 얼음이 되어 있던 내 마음에, 확 하고 불씨가 하나 날아와 박혔다.

 "사카토, 이제 슬슬 교토역으로 출발해야 해! 신칸센 놓치겠다!"

 깜짝 놀라 쳐다보니, 방금 산 가라아게 봉투를 들고 사오리가 부르고 있다. 큰일 났구나 싶어 마지막 가라아게를 입에 넣고는 일어섰다.

 "먼저 갈게요."

 허둥지둥 꾸벅 인사를 하고 두 걸음, 세 걸음 내딛는데 아라가키 선수가 "사카토—" 하고 불러 세웠다.

 네, 하고 돌아보니 선명하지는 않지만 "고마워"라는 목소리가 들렸다. 아라가키 선수의 얼굴이 조금 상기되어 있었다.

 "나도야. 네가 있어서 더 열심히 달렸을지도 몰라. 그렇게 잘 달린 건 나도 처음이었어. 출발 전부터 이런 건방진 애송이한텐 절대 질 수 없다고 다짐했지. 기억 안 나? 전달 구역에서 나를 엄청 째려봤잖아."

 "아, 아녜요. 그건 아라가키 선수가."

 서 있는 나와 벤치에 앉아 있는 아라가키 선수 사이

에 다시 한번 타닥 눈빛이 충돌했다.

훗, 아라가키 선수가 웃었다.

나도 푸훗, 웃었다.

"내년에 다시 만나자."

"네, 꼭이요."

아라가키 선수가 내민 주먹에 조금 맞춰주는 느낌으로, 주먹을 살짝 부딪쳤다.

고개를 까닥 숙이고, 배낭을 고쳐 멨다.

"응, 가자—."

나는 손을 흔들며 사오리를 향해 달리기 시작했다.

8월의 고쇼 그라운드

8월의 패자가 되고 말았다.

솨솨, 매미 울음소리가 시끄럽게 쏟아져 내리는 가모강 강변길을, 자전거를 타고 따라 내려가면서 나는 통감했다.

예정대로라면 강은 강이지만 시코쿠에 있는 시만토강*에서 시원하게 카누를 타고 있어야 했다.

그렇지만 나는 교토에 있다.

왜인가.

---

* 일본 남부에 있는 시코쿠섬의 고치현 서부를 흐르는 강으로 일본 3대 청류 중 하나다.

그녀에게 차였기 때문이다.

둘의 관계가 깨졌다. 그녀의 고향집이 있는 고치에 놀러 갈 이유가 사라졌다. 자연히 기대하고 있던 시만토강의 맑은 물 위를 부유하며 휴양할 기회도 사라지고 말았다.

그리하여 나는 교토에 남겨졌다.

정신 차렸을 때는 이미 주변에 사람들이 사라지고 없었다. 대부분은 고향집으로 갔다. 남은 자들은 페리에 오토바이를 싣고 홋카이도로 향했다. 취직 전에 운전면허를 딸 마지막 기회라며 합숙형 운전면허 학원에 들어갔다. 앙코르와트를 보러 캄보디아로 떠났다. 기업에서 인턴으로 일한다며 도쿄로 끌려갔다.

모두 교토에서 탈출했다.

현명한 판단이라고 생각한다.

8월을 맞아 교토 분지는 그야말로 불지옥 가마가 되어 대지를 삶아대고 있었다. 햐쿠만벤* 교차로에 서니 주변의 더위에 신호등이, 대학 캠퍼스를 둘러싼 돌담

---

* 대학가 분위기로 유명한 지역이다. 교토대학교, 교토예술대학교 등이 인접해 있어 대학생이 많이 거주한다.

이, 편의점 간판이, 흐느적거리고 있었다. 학교 식당에서 중국식 덮밥을 입에 쑤셔 넣고 있는데, 뒷자리에서 여학생이 가모강 언저리에 앉아 있자니 하류 쪽에 신기루가 보였다는 둥 교토 타워가 물 위에 떠 있었다는 둥 재잘거렸다.

8월의 교토 더위를 이길 수 있는 자는 아무도 없다.

모든 사람은 평등하게, 그저 패자가 될 뿐.

연일 계속되는 더위에 지쳐 몸에서 힘이 빠져나간다. 뇌에서 온갖 긍정적인 의사와 의욕이 녹아내리고 콘크리트에 들러붙은 그림자와 함께 증발한다.

누군가는 '교토는 독이 든 늪과 같다'라고 했다. 정말 그럴지도 모른다. 상냥한 미소의 유혹에 못 이겨 바둑판처럼 생긴 이곳으로 끌려 들어오면 그걸로 끝. 풋풋했을 젊은이들의 마음은 애매하게, 확실히, 병들어간다. 안 그래도 물리적 사우나 같은 동네에 살면서 축축하고 독한 기운이 자욱한 정신적 사우나로 마음을 단련한 지 어언 3년 하고도 4개월 하고도 일주일. 내 몸에도 완전히 독 기운이 퍼진 건가. 4학년 여름 방학, 원래라면 눈이 뒤집혀 취업 활동을 해야 하는데, 아니 몸부림쳐야 할 시기인데, 모든 것을 포기하고, 아르바이트도 하지 않고, 태만하게 하루하루를 보내고 있어도 끄떡없는 인간이 되고 말았다.

저녁 6시가 다가오는데 무더위는 전혀 수그러들 기색이 없다. 동네의 공기는 절망적일 정도로 끈적해 티셔츠가 등에 척 달라붙는다.

8월의 더위에 지고, 교토라는 도시에도 지고, 왜 나는 이마에 땀을 흘리며 산조키야마치를 향해 자전거 페달을 밟고 있는가.

그건 다몬이 야키니쿠*를 사주겠다고 갑자기 연락을 해왔기 때문이다.

다몬은 돈이 있다. 자기가 아르바이트를 해서 번 돈인지, 아니면 웨이터로 일하고 있는 기온** 클럽의 마마가 준 용돈인지는 잘 모른다. 하지만 공짜로 고기를 먹게 해준다는 걸 마다할 이유는 없다.

다카세가와 운하를 정면으로 바라보고 있는 상가 건물에 있는, 약속된 야키니쿠 집에 도착하니 "어이, 구

---

* 한국의 고기구이 문화가 일본에 전파되어 일본에서 부르는 단어다.
** 교토의 게이샤 지구이며 전통 가옥, 쇼핑, 관광지로 유명하다.

치키" 하고 내 이름을 부르는 소리가 났다. 이미 다몬은 혼자 둥근 테이블에 자리 잡고 앉아 김치를 아작아작 씹으며 맥주를 마시고 있었다.

"탔네."

이게 내 첫마디였다.

생각해보니 다몬하고 만나는 건 5월 말에 햐쿠만벤에 있는 구시카츠* 가게에서 한잔한 이후로 거의 두 달 반 만이다.

빡빡머리보다는 조금 긴 짧은 머리에, 희미하게 다박수염이 자란 다몬의 커다란 얼굴은 새카맸다.

"요즘 매일 야외 수영장에 다니고 있어."

다몬은 티셔츠 소매 안으로 언뜻 보이는, 골고루 그은 굵은 팔뚝을 문지르며 말했다.

"야외 수영장? 혼자?"

"아니, 애인하고."

다몬은 아르바이트하는 클럽의 마마하고 사귀고 있다. 분명히 마마는 스물아홉 살이다. 마마한테는 형식상 사귀는, 돈 많은 남자가 있다고 한다. 그렇지만 다몬하

---

* 꼬치에 여러 재료를 꽂아 튀긴 일본 요리다.

고도 사귀고 있다고 한다.

"오늘, 네가 사는 거지?"

자리에 앉기 전에 다시 한번 확인했다.

다몬은 고개를 끄덕이고 "너하고 상의할 게 있어"라며 메뉴판을 펼쳤다.

"애인 얘기야?"

묘한 관계라고는 생각하면서 뭔가 기온의 어두운 부분과 얽힐 것 같아, 지난번에 구시카츠 가게에서 만났을 때는 애인 이야기는 깊이 파고들지 않고 대화를 끝냈다.

"교수님 얘기야. 연구실 일인데 내 말 좀 들어봐."

"나는 문과라 이과 쪽은 전혀 모르는데."

다몬은 이과 계열 학부생인데 5학년이다. 학년은 나보다 하나 더 위이지만 나이는 같다. 즉, 그는 현역이고 나는 1년 재수 끝에 같은 학교에 합격했다.

"맥주, 괜찮지?"

내가 맞은편에 앉자 다몬은 손을 들어 직원을 부른 다음, 빠르게 술과 고기를 주문했다.

"그런데 너 시코쿠에 간다고 하지 않았냐? 당연히 여기 없을 줄 알고 연락해본 건데 교토에 있어서 놀랐어.

차였냐?"

 무서울 정도로 핵심을 찔렀다. 덕분에 가게 에어컨 바람에 겨우 마른 땀이 다시 삐질삐질 나기 시작했다.

 잠시 후 나온 맛있어 보이는 고기를 구우며 상대의 고민거리를 들어야 하는데, 어쩐 일인지 내가 여자 친구한테 차인 전말을 털어놓고 있었다. 다몬은 그 큰 눈을 끔뻑이며 중간중간 '오우', '아아' 같은 묘한 추임새와 함께 내 이야기를 들어주었다.

 불판에 올린 우설을 꾹꾹 눌러 구우며, 내 이야기를 계속하고 있자니 마치 나의 쪼잔한 이야기가 고스란히 고기의 탄 자국으로 바뀌고 있는 듯한 착각이 들었다. "익어라, 익어라" 하면서 자학적인 기분에 잠겨 가장자리가 바삭해진 우설을 입에 던져 넣고, 맥주를 부어 뱃속으로 밀어 내렸다. 열흘 전에 여자 친구한테 차인 후로 영양분 섭취는 낫토밥에 달걀 하나 깨트려 넣은 거면 충분한 듯이 살아서 오랜만에 먹는, 제대로 고기 맛이 나는 고기는 진심으로 맛있었다. 마치 용궁에 초대받은 기분으로 사생활 이야기를 쏟아내는 대신에 나는 끊임없이 쩝쩝거렸다.

 "역시."

대강의 이야기가 끝났을 즈음, 다몬은 두 번째 맥주잔을 비우고는 상기된 볼을 빵빵하게 부풀리며 말했다.

"뭐가, 역시냐?"

"네 스케줄은 이제 알겠어. 오봉* 무렵까지는 아무 예정도 없고, 8월 내내 교토에 있다는 거지."

"무슨 말이야?"

"내 얘기야. 연구실 일로 상의할 게 있다고 했잖아."

다몬은 직원을 불러 잔을 들어 보이며 "한 잔 더요"라고 했다.

"나 5학년이잖아, 유급생."

다몬은 천천히 자기소개를 시작했다.

"알고 있어."

"너한테는 아직 말 안 했는데 회사에 내정됐어."

"오, 그래?"

언제 내정까지 됐나, 완전히 허를 찔린 내게 다몬은

---

* 매년 양력 8월 15일 전후로 치러지는 일본의 명절로 조상의 영혼을 모시는 날이다. 일본의 신도 신앙과 불교 문화가 결합한 축제로 이날 사람들은 성묘를 가거나 지역의 광장이나 신사 등에서 봉오도리 춤을 춘다. 오봉이 끝날 때는 영혼이 잘 돌아갈 수 있도록 배웅하는 불인 오쿠리비送り火를 피운다.

들어본 것 같기도 하고 아닌 것 같기도 한, 외국어로 된 회사 이름을 알려주었다. 외국계 컨설팅 회사라고 했다.

"기특하네, 합격했구나! 5월에 만났을 때는 전혀 얘기 없었잖아."

파계승처럼 야성적인 얼굴에 으흐흐, 하고 뻔뻔한 웃음을 띠며 다몬은 불판 위에 새 고기를 가득 올렸다.

"그래서 내년엔 꼭 졸업해야 해. 그런데 지금 상태로는 불가능하거든."

"졸업식까지 아직 시간 많잖아."

"연구실이 문제야."

다몬 말이 문과와 달리 이과 학생들은 4학년이 되면 연구실에 소속되는 게 필수라고 한다. 연구실에 있는 기자재를 이용해 실험을 반복하고, 거기서 얻은 데이터를 기반으로 졸업 논문을 쓰고, 그걸 교수님에게 인정받아야 비로소 졸업의 문이 열리기 때문이다.

하지만 다몬은 5학년 유급생이다. 4학년까지는 거의 학교에 나오지 않고 기온 클럽에서 아르바이트에만 전념하며 슬렁슬렁 지냈다. 그러니까 연구실에 소속은 되어 있었지만 실상은 지금까지 유령 학생이었다.

졸업을 하려면 유령에서 인간으로 돌아와 졸업 논문을 써야만 한다. 졸업 논문을 완성하려면 실험을 보조하거나 조언을 해주는 연구실 멤버의 협력이 필수적이다. 하지만 의지가 될 만한 동기들은 모두 졸업했고 주변에는 모르는 4학년 후배들뿐. 그래서 채용이 내정된 뒤로는 발바닥에 불이 나게 연구실을 드나들며 후배와 대학원생들의 호감을 사는 데 주력했다.

그러자 그의 활약이 눈에 띄었는지 교수님이 "어이, 다몬 군, 밥 먹으러 갈까?" 하고 직접 말을 걸어주었다.

이거 좋은 기회다 싶어 다몬은 학생 식당에서 회사에 내정이 됐다는 사실과 그래서 무슨 일이 있어도 내년에는 졸업하고 싶다는 뜻을 직접 아뢰었다.

기시멘*을 후루룩거리며 잠자코 얘기를 듣던 교수가 말했다.

"3, 4년에 한 번은 꼭 너 같은 남학생이 우리 연구실에 들어오지. 분명히 말하는데 나는 싫다. 너처럼 공부는 하지 않으면서 좋은 것만 취하려는 게으른 녀석들이. 이 시기에 연구실에 나타난 거, 학점 따는 데 혈안이 돼

---

* 우동과 비슷하나 면발이 칼국수처럼 넓적한 것이 특징이다.

있는 것까지. 다들 똑같아."

모든 걸 꿰뚫어 보고 있다는 듯 교수는 그릇을 내려놓고 한숨과 함께 입가를 닦았다.

지문으로 얼룩덜룩해진 넓적한 안경 렌즈 저 너머에서 뿜어 나오는, 또렷한 눈빛의 그 예리함과 차가움에 다몬은 자기도 모르게 젓가락 사이에 끼어 있는 치즈카츠를 떨어뜨릴 뻔했으나, 그때 교수는 갑자기 부드러운 표정을 지었다.

"그런데 말이야, 다몬 군. 내 부탁 하나만 들어주지 않겠나."

다시 그릇을 들고 남은 기시멘 국물을 끝까지 마시면서 교수는 다몬에게 '부탁'하는 내용을 설명했다.

"이건 교환 조건 같은 거야. 만약 내 부탁을 들어주면 자네한테 졸업 논문 자료를 선물하지. 어차피 자네는 졸업 논문 주제도 못 정했잖나."

끝없이 정곡을 찌른다.

"내가 하고 있는 연구 중에 데이터를 정리하고 싶은 부분이 있어. 큰 줄기는 거의 정해졌으니까 이제 자네가 실험만 하면 어떻게든 자네 졸업 논문 뼈대는 갖춰질 걸세."

"그런 식으로 졸업 논문을 써도 괜찮아?"

나는 미간을 찌푸린 채, 추가로 주문한 안창살을 집게로 집어 불판 위에 올려놓으며 다몬의 말허리를 잘랐다.

"우리 연구실은 졸업 논문을 외부로 공개하지 않으니까. 교수님이 괜찮다고 하면 규칙 위반은 아니야. 결과는 어느 정도 보장돼 있지만 실험은 제대로 할 거고 논문도 쓸 거야."

"그렇군. 그래서, 뭐였어? 교수님 부탁이?"

다몬은 불판 구석에 버려져 있던 피망을 뒤집으며 낮은 목소리로 물었다.

"구치키, 너 야구할 줄 알지?"

다몬이 낮은 목소리로 물었다.

"뭐?"

"야구 말이야, 야구."

"뭐, 할 줄 알긴 알지만……."

대학에 갓 입학했을 때 학부의 학과 대항 야구 대회가 열렸다. 그때 산 싸구려 글러브가 아직 하숙집 어딘가에 잠자고 있을지도……, 라고 희미한 기억을 얘기하자, "충분해"라며 다몬은 만족스럽다는 듯이 피망을 소스 접시로 옮겼다.

"왜 갑자기 야구 얘기를 하는 거야?"

시커멓게 탄 피망을 "웩" 하고 인상을 쓰며 다 먹었다.

"내가 너한테 3만 엔 빌려준 거 있지?"

또 화제를 바꾼다.

호호, 하고 나도 모르게 입을 오므리며 귀여운 표정을 짓는 내 앞에서, 다몬은 좌선 중인 스님 같은 잔잔한 표정을 지으며 "인간이란 말이야, 돈 빌린 건 잊어도 빌려준 돈은 못 잊지"라며 온화하게 세상의 진리를 설파했다.

"내일모레야."

"안 돼, 그렇게 빨리는 못 갚아."

"아니, 내일모레 시합이 있어."

"시합? 무슨?"

"당연히 야구지. 너는 우리 팀원으로 시합에 나가는 거야. 설마 여태 3만 엔이나 갚지도 않고 있으면서 내 부탁을 거절하지는 않겠지!"

자, 나는 탄 채소를 먹을 테니 너는 고기를 먹어. 오늘은 내가 사는 거니까, 라며 다몬은 갓 구워진 안창살 한 점을 내 소스 접시에 올려놓았다.

"공짜보다 비싼 건 없는 법이야, 구치키 군."

다몬은 오늘의 두 번째 세상의 진리를 설파했다.

　　　　★　　★　　★

교수의 부탁, 즉 졸업 논문의 교환 조건은 이랬다.

'다마히데 배杯에서 우승할 것.'

다마히데 배가 대체 뭐지?

그건 야구 대회 이름이었다.

"야구? 이렇게 녹아내리게 한창 더운 날씨에, 야외에서 야구라고? 머리가 어떻게 된 거 아냐? 난 절대 싫어."

괜찮아, 라고 다몬은 한층 늠름한 얼굴로 고개를 끄덕이며 말했다.

"경기가 아침 6시니까, 그렇게 덥진 않을 거야."

"6시? 농담하지 마. 당연히 못 일어나지. 그 시간에."

너무나 비상식적인 말에 나는 맹렬한 거부 반응을 보였다. 하지만 이 당연한 흐름과 같은 크기의 당연한 이유로 내게는 선택의 여지가 없었다.

3만 엔이라는 빚에, 이렇게 호사스러운 야키니쿠의 은혜까지.

야키니쿠 가게가 있는 상가 건물에서 나오니 탁한 밤의 열기에 휩싸인 다카세가와 운하는 여느 때보다 더 존재감이 흐릿했고, 한없이 낮은 수위로 일상의 의무를 계속하고 있었다.

갑자기 그녀, 아니 전 여자 친구가 핸드폰으로 보여 준, 풍부한 수량으로 남실대던 시만토강의 풍경이 떠올랐다.

푸른 하늘을 배경으로 강을 왼쪽에서 오른쪽으로 가로지르는 산들이 거울처럼 강 표면에 비치고, 거기에 산뜻한 컬러의 카누가 떠 있었다. 트레킹 모자를 쓰고 노를 쥐고 있어야 할 여성이, 어쩐 일인지 순간 배트를 쥐고 있는 그림으로 바뀌었다.

"자, 내일모레, 고쇼G에서 봐."

다몬은 미소 띤 얼굴로 내 어깨를 두드리며 말했다.

목적을 완수한 만족감 때문인지 휘파람까지 불면서 아르바이트를 하러 기온으로 향하는 다몬의 두툼한 등을 보낸 후, 나는 발걸음을 돌렸다.

산조 대교*에서 가모강 강가로 내려와, 강을 따라 자

---

* 교토의 랜드마크로 교토의 중심부에 있어 가모강을 한눈에 볼

전거 페달을 밟았다.

인기척 없는 곳에서 강물 소리에 귀를 적시며 페달을 밟고 있으면 묘하게 기분이 가라앉아서 밤의 가모강은 그다지 좋아하지 않는다.

아니나 다를까, 난간의 조명을 받아 어둠 속에 떠 있는 가모 대교가 보일 즈음, 열흘 전 여자 친구에게 이별을 통보받던 때가 생각났다.

생각이고 뭐고, 저기가 바로 그 '현장'이다.

여느 때 같으면 오사카에서 게이한 전차를 타고 데마치야나기에서 내려, 에이잔 전철로 갈아타고 하숙집까지 와주던 그녀가 "데마치야나기로 나와줘"라고 연락했다.

예감이 없었던 건 아니다.

나름의 전조는 있었다.

하지만 지금까지 몇 번이고 조우했으나 내버려두면 지나갔던, 그러니까 교통 정체와도 같은 충돌 중 하나일 뿐이고, 이번에도 자연스레 다시 일상의 흐름으로

수 있다. 1917년에 일본 최초로 개최된 역전 경기의 출발점이었고 2002년에 이곳에 기념비인 역전비駅伝の碑를 세웠다.

돌아올 거라 생각했다.

하지만 돌아오지 않았다.

비 내리는 토요일이었다.

데마치야나기역에서 나오자마자 있는 가모 대교 아래에서 우산을 쓴 그녀가 기다리고 있었다.

그 자리에서 이별을 통보받았다.

"너한테는, 불이 없어."

이유를 알려달라고 부탁하는 내게, 그녀는 긴 침묵 끝에 어두운 표정으로 내 가슴 언저리를 가리키며 말했다.

"타고 남은 재도 없어. 처음부터 그냥 새까맸어. 아니, 새까맣다는 색조차 없는지도 모르지."

그녀는 나와 동갑이었다. 현역으로 합격했기 때문에 이미 졸업해서 봄부터는 오사카에서 직장에 다니고 있었다. 그녀는 사회인이 된 후 싫든 좋든 갑옷 같은 것을 조금씩 걸쳐가고 있었고, 나는 일찌감치 취업 활동을 포기한 채 모든 게 벗겨져 나가고 있었다. 그런 우리 둘 사이에 골 같은 게 파이고 있다는 건 나도 느끼고 있었다.

시간 개념을 예로 들면, 그녀가 휴일에 계획한 일이

내가 늦잠을 자는 바람에 불발됐을 때, 전부를 포기한 듯하던 그녀의 어두운 눈빛…….

다리 난간에 손을 얹으니 비에 젖은 차가운 돌의 감촉이 전해졌다. 강 표면에 비구름이 비쳐 부루퉁한 표정이 된 가모강 강줄기를 내려다보면서, 시만토강에 가기로 한 계획은 없던 일이 되겠구나, 뭐 별거 아니겠지……, 같은 생각을 어렴풋이 했다.

"싫어지기 전에 헤어질래."

눈을 피하지 않고 말하는 그녀에게서, 도망치듯 먼저 눈을 피한 건 나였다.

청각적으로도, 시각적으로도 아직 생생하게 떠오르는 기억을 더듬으며 강가에서 가모 대교로 올라갔으나 이별을 당한 장소를 지나가고 싶지 않아서 도로 너머의 반대편 길을 택해 다리를 건넜다.

그날 이후 그녀에게 연락은 없다. 나도 연락하지 않는다. 그녀가 말한 이별의 이유를, 나는 아직도 정확히 이해하지 못했다. 무슨 말을 하는 건지 알 듯도 한데, 그렇다면 내가 어떻게 해야 좋을까 생각해봐도 바로 막다른 길에 부딪히고 만다. 물론 지금의 내 상태가 좋다고 할 수는 없지만, 불이 있는지 없는지 나는 확인할

길이 없다.

야키니쿠 집에서 무슨 뜻 같냐고 다몬에게 물어봤지만, 다몬은 "몰라" 하고 재빠르게 대답했다.

"근데 나한테도 그 불은 없는 거 같아. 물어볼 사람한테 물어봐라. 뭐, 안달한다고 해서 바로 불이 붙는 것도 아니잖아."

하숙집에 도착하자마자 현관 옆에 있는 신발장을 열어봤다.

조명 불빛이 닿지 않는 구석에, 그림자와 한 몸이 된 듯한 검정 글러브가 처박혀 있었다. 3년 만인가. 꺼내서 왼쪽 손을 넣어봤다. 의외다 싶을 정도로 손에 익은 느낌이다. 글러브 안쪽에는 흙 묻은 연식 야구공*이 끼어 있었다.

그녀는 사회인이 된 후 맞는 첫 여름휴가를 나와 보내는 선택지를 거절했다.

그 결과, 나는 교토에 남겨졌고 시만토강에서 기분 좋게 카누의 노를 젓는 대신 야구를 하게 생겼다.

손가락과 손바닥을 사용해 공을 굴리면서 아침 6시

---

* 고무나 스펀지 등 부드러운 재질로 만든 야구공이다.

부터 다몬과 야구를 하고 있는 나를 상상해봤다.

인정사정없이 최악이었다.

* * *

이틀 후인 8월 8일.

아침 5시 반에 눈을 떴다.

정확히 말하면 강제로 눈이 떠졌다. 다몬이 정중하게 모닝콜을 해준 덕이다.

비가 억수로 내리지는 않을까 기대도 했으나, 문을 열자마자 아직 부옇기는 해도 한눈에 쾌청하다는 걸 알 수 있는 아주 맑은 하늘의 환대를 받았다. 일기 예보를 찾아보니 앞으로 일주일 동안은 계속 폭염이라고 한다.

팔에 감기는 공기가 벌써 은근히 무덥다.

앞 바구니에 글러브를 던져 넣고 자전거에 올라탔다.

하숙집이 있는 다카노에서 고쇼*를 향해 히가시오지 거리를 달렸다. 햐쿠만벤에서 이마데가와 거리로 진

---

* 교토고쇼를 가리킨다. 고쇼는 천황이 사는 궁을 의미한다.

입해, 가모 대교를 건넜다. 그녀와 헤어진 곳에는 시선을 주지 않고, 오른쪽에 있는 가모강 델타라고 불리는 삼각주를 바라보며 강을 건너니, 이런 아침 댓바람부터 강가에서 체조를 하거나 조깅을 하는 사람들이 여기저기 보였다.

체조나 조깅은 혼자서 할 수 있다. 하지만 야구는 자기 팀과 상대 팀을 합해서 최소 열여덟 명의 멤버가 필요하다. 정말 그렇게 많은 사람이 모일까? 이건 빚을 갚을 생각도 전혀 없어 보이고 불성실하게 대응해온 나에 대한 징벌로 다몬이 꾸민 장난이 아닐까. 현장에 도착해도 개미 새끼 한 마리 없는 거 아닐까······.

아직 졸음이 안개처럼 표류하는 머리로 이런 생각을 하면서 고쇼를 둘러싸고 있는 산울타리를 따라 곁길로 들어서니, 한없이 예스러운 느낌의 문이 나타났다.

기둥에 '石薬師御門'*이라는 목판이 걸려 있고, 검은 징이 잔뜩 박혀 있는 문이 안쪽을 향해 열려 있었다.

목적지는 고쇼G.

---

* 이시야쿠시고몬. 교토고쇼를 둘러싼 정원인 교토교엔에 있는 아홉 개의 문 중 하나다.

애초에 고쇼G란 무엇인가?

그것은 '고쇼 그라운드'의 줄임말, 즉 교토고쇼 부지 안에 있는 운동용 광장을 뜻한다.

처음 그 이름을 들었을 때는 나도 '거짓말이겠지' 했던 기억이 난다. 교토고쇼라 하면, 역대 천황이 살던, 소위 말하는 일본 역사의 중추다. 그런 중요한 장소에서 야구나 축구가 가능하단 말인가.

그런데 그게 얼마든지 가능하다.

광활한 고쇼 부지 이곳저곳에는 정비된 그라운드가 있고, 아마 별도로 정식 명칭이 있겠지만 일반 학생들 사이에서는 '고쇼G'라는 이름으로 불리고 있다. 교내 게시판에 붙은 운동 계열 동아리 홍보물에서도 '매주 수요일에 고쇼G에서 연습'이라는 글을 심심찮게 볼 수 있다.

문안으로 들어가니 정면에 자잘한 자갈이 가득 깔린 넓은 길이 펼쳐져 있다. 거기에 한 줄로 가는 선이 그어져 있다. 교토 시민이 매일 자전거를 타고 지나가면서 생긴 바큇자국이다.

페달 밟기가 어려운 자갈을 피해 가능한 한 바큇자국을 따라가려 하면서 앞으로 나아가다 보니 오른쪽으로 그라운드가 보이기 시작했다.

응? 녹슨 야구용 백네트 바로 앞에 사람들의 무리가 보인다. 자전거를 세우고 바구니에서 글러브를 꺼내 무리로 다가가니, "어서 와" 하고 모르는 남자가 인사를 건넸다. 얼떨결에 나도 고개를 숙인다.

상대는 지금부터 야구를 할 사람처럼은 보이지 않았다.

그래도 야구를 할 생각이라는 걸 안 것은, 화려한 보라색 양복을 입고 있으면서도 손에는 글러브를 끼고 있었기 때문이다. 그 뒤에는 그처럼 양복을 입고, 금색 액세서리를 가슴까지 늘어뜨린 노랑머리 남자가 금속 방망이를 머리 위로 수평으로 들고 스트레칭을 하고 있었다.

이상한 분위기에 가만히 서 있는데 "구치키, 여기야" 하고 백네트 저편에서 나를 부르는 소리가 들렸다.

고개를 돌린 곳에는 나처럼 하의는 트레이닝팬츠, 상의는 티셔츠의 조합으로 다몬이 방망이를 들고 있었다.

"거긴 상대 팀."

당황한 나는 다몬 쪽으로 향했다.

"좋은 아침."

다몬은 눈가의 눈곱을 닦으며 '잘 왔다'는 듯 히죽 웃었다. 새카맣게 탔는데도 눈꺼풀이 벌겋고 얼굴 전체가 푸석하다. 그저께 만났을 때보다 눈가와 입가에 나른하고 피곤한 기색이 역력해서 원래 살집이 좋은 얼굴은 더 부어 보이고 더 늘어져 보인다. 한마디로 볼썽사납다.

"혹시, 일 끝나고 온 거야?"

어, 하고 다몬은 어깨에 걸치고 있던 방망이 끝으로 땅을 두드리며 말했다. 자갈에 맞았는지 딱 하고 건조한 소리가 났다.

"오케이, 아홉 명 모였지."

믿을 수가 없다. 내가 마지막이라니. 다몬의 말에 벤치에 앉아 있거나 백네트 옆에 서 있던 얼굴들이 줄줄이 모여들었다.

"오늘, 잘해봅시다."

다몬이 고개를 숙이며 말하자 다른 얼굴들도 어정쩡하게 고개를 숙였다. 다몬이 팀의 주장인지 찌그러진 원형 대열로 서 있는 멤버들의 이름을 한 명씩 불렀다. 이어서 야구 경험이 있다든가 '저 친구는 연구실 동료', '아르바이트 동료'와 같은 깨알 정보가 덧붙어 아홉 명

가운데 네 명이 같은 연구실 멤버이고, 세 명은 같은 클럽 멤버라는 걸 알았다.

연구실 네 명은 나와 같은 4학년, 즉 다몬의 후배다. 모두 학교 식당 옆자리에 앉아 있을 법한 친숙한 분위기를 뿜고 있었다.

한편, 클럽은…… 대학 동아리 같은 클럽이 아니다. 다몬이 일하고 있는 기온 직장의 동료 세 명은 야심한 시간의 기야마치*에서 호객 행위라도 할 것 같은 검은 양복을 빼입고 있었다. 언뜻 보기에는 무서워 보이는 복장이지만, "다몬짱, 갈아입을 옷 챙겨 온 거야?"라며 다몬의 티셔츠를 옆에서 당기는 모습은 보기와는 달리 친근함이 느껴졌다.

"이 녀석은 구치키. 고등학교 때부터 동창."

마지막으로 나를 소개했다.

이미 머릿속에 라인업이 정해져 있었던 듯, 다몬이 순서대로 수비 위치와 타순을 말한다. 나는 우익수 9번.

---

* 교토 한가운데에 있는 유서 깊은 거리로, 가모강 근처에 있는 다카세가와 동쪽 강변을 따라 남북으로 길게 뻗어 있다. 분위기 있는 건물이 많고 교토만의 운치를 느낄 수 있다.

깔끔할 정도로 인원수를 맞추기 위한 포지션이었다.

백네트에는 스코어보드가 설치되어 있고 팀 이름 칸에는 분필로 선공에 '오카다', 후공에 '미후쿠'라고 적혀 있었다.

"우리는 어느 쪽이야?"

미후쿠, 라고 다몬이 대답했다.

"미후쿠가 누군데?"

"연구실 교수님 이름이야."

"오카다는?"

"상대 팀 오너."

다몬이 턱으로 가리킨 3루 쪽에는 양복을 입은 무리가 이미 캐치볼을 시작하고 있었다.

다몬은 시합 시작 전 10분 동안, 캐치볼 시간이 있다는 사실을 멤버들에게 전달하고, 발치에 둔 커다란 가방에서 포수용 마스크 등 보호구를 꺼냈다.

"그래? 너 포수 해본 경험 있어?"

언젠가, 다몬이 중학교 때는 야구부에서 포수를 했다는 얘기를 들은 적이 있다. 우리 고등학교에는 야구부가 없어서 그가 마스크를 쓴 모습을 보는 건 처음이었지만 꽤 틀이 잡혀 있다. 키는 나보다 조금 더 큰 정도이지만 풍채가 좋아서인지 보호구를 몸에 두르니 훨씬 더 커 보였다.

마스크를 머리 위에 얹으며 다몬은 운동화 바닥으로 홈베이스 주변의 흙을 다졌다. 이미 좌우 타자석에는 흰 선이 그어져 있다. 배터리*로 호흡을 맞추는 투수는 다몬의 직장 선배였다. 귀고리를 네 개나 한 노랑머리 사내는 양복 윗도리와 셔츠를 벗고 티셔츠를 입고 있었다. 하지만 양복바지와 구두는 그대로인 참신한 모습이다. 다몬은 홈베이스 뒤에서 양 무릎을 구부리고 엉덩이를 낮췄다. 하지만 뭔가 불편한지 엉거주춤한 자세로 포수 미트를 대니, 쉭 하고 의외로 좋은 공이 왔다.

나는 우익수 위치로 이동했다. 고쇼G에는 펜스가 없고 그저 흙과 풀로 된 경계가 있을 뿐이라 2루수, 1루수와 삼각형 라인으로 캐치볼을 할 때 위치를 정하지 못해 우왕좌왕하고 있었다.

"공은 그런 데까지 안 날아가."

다몬이 야구 경험자라고 소개한 연구실 팀의 1루수

---

* 야구에서 투수와 포수를 묶어서 말할 때 쓰는 단어다.

가 웃으면서 "더 앞으로 와도 돼"라고 손짓으로 알려주었다.

공을 던지는 건 오랜만이다. 그래도 생각보다 자연스럽게 던질 수 있었고, 1루수가 되던진 빠른 공도 놓치지 않고 받을 수 있었다.

시합 개시 전, 다시 한번 홈베이스를 사이에 두고 두 팀이 정렬했다. 상대 팀 선수들이 아침 햇살을 받아 형형색색으로 빛나는 양복을 입고 도열한 모습은 장소와 완전히 미스 매치에다가 위압감도 강했으나 가벼운 목례 타이밍에 "잘 부탁합니다" 하고 비록 술에 잠긴 목소리이지만 박력 있게 먼저 인사한 것은 오히려 저쪽이었다.

아침까지 열심히 일했으리라고 추정되는 상대 팀 남자들은 양복 상의를 벗고 셔츠 혹은 티셔츠 차림으로 무척이나 눈이 부신 듯 눈을 가늘게 뜨며 타석에 섰다. 창백한 피부에 술기운이 남아 있음을 말해주는 붉은 기운을 띤 채 방망이를 휘두르는 모습은 멀리서 보기에도 흡사 태양 아래로 끌려 나온 흡혈귀 같았다.

시합은 한 시간도 채 지나지 않아 끝났다.

아마추어 야구 시합은 7회까지라고는 들었지만, 5회

말 우리 팀이 공격일 때 점수가 2 대 12가 되면서 콜드 게임이 되고 말았다.

경기에서 진 후, 상대 팀은 "제길", "다음엔 이긴다", "자러 가야지" 등 쾌활하게 떠들며 썰물이 빠져나가듯 사라졌다.

"모두들, 나이스 게임이었어."

다몬은 팀원 한 명 한 명의 어깨를 두드리며 다음 시합이 이틀 뒤, 같은 시간에 있다고 말했다. 대체 무슨 구실로 유인한 건지 아무도 불평하는 모습 없이 "그럼, 내일모레 보자", "수고했어"라는 인사를 나누며 해산했다.

"아아, 배고프네."

다몬은 보호구를 모두 가방에 쓸어 담고는 어깨에 메며 말했다.

"그거, 네 거야?"

"아니, 연구실 비품."

다몬이 물건을 돌려주러 가는 길에 맥도날드에 들르자고 해서 둘이서 나란히 자전거를 타고 햐쿠만벤으로 향했다.

"구치키, 너 어려운 공 잘 잡더라. 못 잡을 줄 알았거든."

맥도날드 2층에서 아침 메뉴를 먹으며 다몬은 바로 시합 얘기를 꺼냈다.

주장인 다몬은 유격수와 좌익수에 경험자를 배치했다. 그 전략은 완전히 적중했다. 상대 팀의 타격은 왼쪽 방향으로 집중되었다. 땅볼은 유격수가 재빨리 처리하고, 뜬공은 좌익수가 침착하게 잡아내고, 야구 경험자들이 아웃 대부분을 만들어냈다. 라이트를 담당하는 내 자리로는 4회까지 전혀 공이 날아오지 않았다. 이 정도로 우타자가 왼쪽으로만 칠 거라고는 생각하지 못했다.

5회 수비에서 딱 한 번, 늦게 휘두른 방망이가 타이밍 좋게 공을 포착해 높은 뜬공이 됐고, 결국 내가 지키고 있는 오른쪽으로 날아왔다.

"뜬공 낙하지점을 예측하기가 어려운데, 잘 잡았어."

그건 완전한 우연이었다.

탕―, 하고 경쾌한 소리와 함께 하늘로 날아오른 하얀 공이 시야에 들어왔지만 어디쯤에 떨어질지 전혀 알 수 없었다. 계속 한자리에만 서 있기도 뭣해서 일단 몇 발자국 앞으로 나갔는데 갑자기 공이 죽죽 길게 날았다. 당황해서 뒷걸음질 친 다음, 힘껏 까치발을 하고 글러브 낀 손을 허공으로 쭉 뻗으니 둔탁한 타격과 함께 공이 글러브로 안겼다.

승리의 요인으로는 우리 팀의 수비가 견고한 측면도 있지만 무엇보다 투수의 차이가 컸다. 상대 팀의 투수가 전혀, 라고 해도 좋을 만큼 스트라이크를 던지지 못했다. 취기가 남아 있는 건지 원래 조절이 안 되는 건지, 창백한 얼굴로 연속 볼넷을 내주어 타자가 출루한 상태에서 또 안타를 허용하는 식으로 순식간에 점수 차가 10점까지 벌어졌다. 나조차 볼넷으로 두 번이나 출루했다. 그 두 번 모두 홈까지 귀환할 수 있었다.

"앞으로 시합이 네 번 남았어. 잘 부탁해."

한없이 스스럼없이 말한 뒤, 다몬은 에그 맥머핀을 먹어치웠다.

이 과하게 건강한 아침이 네 번이나 기다리고 있다.

나는 완전히 우울한 기분으로 오렌지주스의 빨대를 빨았다.

★　　★　　★

다마히데 배.

이건, 말하자면 '쇼와*의 잔해'다.

그 후, 맥도날드에서는 그저께 야키니쿠 집에서는 들을 수 없었던 대회의 내막이 다몬의 입에서 흘러나왔다. 다몬 말이, 내가 모닝콜을 무시할 가능성도 배제하지 않았고, 만약의 경우에는 괜한 말이 되니까 일부러 얘기하지 않았다고 한다.

교수와 학생의 관계에 따라 다르지만, 지금도 교수가 세미나에 소속된 학생들을 데리고 기온의 단골 마마가 있는 술집에 간다는 얘기를 가끔 듣는다. 그 교수 역시 자신이 젊은 학생이었을 적에 자신의 교수에게 이끌려 기온의 술맛을 익혔고, 과장해서 말하자면 오랜 세월에 걸쳐 그 문화가 계승되고 있다고도 할 수 있다.

다몬 연구실의 보스인 미후쿠 교수도 학창 시절, 지도 교수 손에 이끌려 기온에서 안락한 시간을 보내는 방법을 배웠다. 특히 한 예기**의 존재는 마음에 위안이 되었다. 학계라는 곳은 고금을 막론하고 약육강식

---

* 1926~1989년까지 쇼와 천황의 재위 기간으로 주로 20세기를 의미한다.
** '게이샤'를 교토식으로 부르는 말이다.

의 험난한 세상이다. 연구에 대한 정열의 불꽃이 사그라들 때마다 기온에서 기다리고 있는 그 예기가 젊은 이의 마음을 북돋우고, 거친 파도에 맞설 수 있는 용기를 주었다.

다마히데 배에 참가하는 팀은 모두 여섯 팀.

팀의 대표들은 모두 청춘 시절에 같은 예기에게 격려를 받은 이들이었다. 그들이 각자 팀을 결성하고 매년 이 시기에 야구 대회를 개최하고 있었다.

그렇다, 그 예기의 이름은 '다마히데'.

다마히데의 밝고 활기찬 응원에 힘입어 꺾일 뻔했던 의지를 회복하고, 이후 멋지게 대성한 청년은 미후쿠 교수 외에도 많았다. 그리고 나이를 먹은 지금도 그들은 기온을 들락이고 있다. 은혜를 갚는 것처럼, 혹은 문화를 계승하는 것처럼, 다마히데가 과거에 마마로 근무한 라운지 '다마히데'에 후배나 직원, 거래처, 제자를 데리고 간다.

"너도 거기 가본 적 있어?"

라운지와 클럽의 차이도 모르는 나는 홀짝홀짝 오렌지주스를 빨며 다몬에게 물었다.

"다마히데 배 권유를 받은 뒤로 딱 한 번, 교수님이

데려갔어."

"만났어? 그 전설의 예기?"

"당연하지, 마마니까. 차분한 느낌의 기모노를 입고, 고상한 말투로 아마 옛날의, 기온이 인기 절정이었을 당시의 얘기를 해줬는데, 지루하다고 해야 하나, 나는 좀 힘들었어."

아무래도 레전드의 위력은 레이와* 시대를 살고 있는 젊은이에게는 도달하지 못한 모양이다.

"그런데, 왜 이름이 다마히데 배야? 그분이 야구를 좋아하나?"

"나도 '다마히데'에서 마마한테 똑같은 질문을 했거든. 그런데 저는 야구 규칙은 하나도 몰라요, 라고 우아하게 대답하시더군."

"그럼, 왜……."

"축구에는 월드컵이 있잖아."

"뭐?"

"월드컵이든 WBC든 동네 시민 스포츠 대회든 뭐든 좋아. 우승하면 뭘 받지?"

---

* 2019년부터 현재 사용하고 있는 일본의 연호다.

"상금? 아니, 트로피인가?"

"그것도 있지. 그치만 가장 중요한 건 명예야."

하아, 하고 애매하게 반응하는 내 얼굴을 뚫어져라 쳐다보며 다몬은, "우승자는 볼에 다마히데 마마의 뽀뽀를 받을 수 있어"라고, 바로는 해독할 수 없는 주문 같은 문자열을 말했다.

"우승자는, 볼에, 다마히데 마마의, 뽀뽀를 받을 수 있다."

몇 마디씩 끊어 그대로 복창하니 그는 무겁게 고개를 주억였다.

"거짓말."

"진짜야. 그 사람들 완전히 진심이야. 예전에 다마히데는 모두의 우상이었고, 비너스였고, 태양이었던 거야. 그리고 지금도 여전히 빛나고 있지."

"잠깐만, '다마히데' 마마가 지금 몇 살인데?"

"여성분에게 나이를 물을 수는 없으니까 나도 정확히는 모르지만, 야구에 대한 추억 얘기를 하면서 갓 예기가 됐을 무렵, 거인*이 V9 전성기였고 엄청 대단했

---

* '요미우리 자이언츠'를 말한다.

다는 얘기를 했어."

"V9? 그게 뭔데?"

"일본 시리즈에서 거인이 9연패를 했어. 오 사다하루*와 나가시마**가 활약하던 시대지."

다몬은 핸드폰을 꺼내 'V9'이라고 중얼거리면서 화면 위로 부지런히 손가락을 움직였다.

"거인이 V9을 달성한 게 딱 50년 전이야. 예기는 스무 살 정도부터 되는 거 같으니까……, 음, 그런 거야."

"너네 교수님은 몇 살인데?"

"연구실 대학원생이 3년 후에 정년퇴직이라고 했으니까 예순둘인가."

"거의 40년 지기라는 얘기네. 대단하군."

"다마히데 배도 30년 이상 된 전통 있는 대회인 듯해."

예전에는 미후쿠 교수도 필드 플레이어로 직접 시합에 참가했지만 몇 년 전에 은퇴했다. 다른 팀의 대표들

---

* 일본에서 태어난 대만 국적의 야구 선수로 '외다리 타법'이라는 독특한 타법으로 통산 홈런 수 일본 기록을 수립했다. 우리나라에서는 '왕정치'로 불린다.
** 일본 요미우리 자이언츠의 4번 타자로 오 사다하루와 함께 요미우리 자이언츠가 V9을 달성하는 데 큰 역할을 했다.

도 마찬가지. 그래도 '다마히데'의 마마가 현역으로 있는 동안은 대회가 계속되기를 바라는 게 각 팀 대표들의 뜻이라고 한다.

"이런 할머니를 위해 수십 년이나 야구 대회를 열어줘서 부끄럽지만, 기뻐요."

마마도 이렇게 말하며 온화하게 웃었다고 한다.

깊은 한숨이 나왔다.

이런 극한의 민폐 패거리 같으니라고.

이미 성공한 할아버지와 할머니 사이에 형성된 낭만적인 유대 관계라고 해야 하나, 아니 늙고 추한 관계라고 해야 하나. 노인들의 하찮은 경쟁에 말려들어 젊은이는 오늘도 아침 6시부터 고쇼G에 끌려가 대리전쟁 아닌 대리 야구에 열을 올려주고 있다. 쓸데없고, 무익하다. 노장들의 장기 집권 폐해가 너무 심하다.

"그러니까, 여섯 팀이 하는 리그전, 가장 성적이 좋은 팀이 우승. 그리고 미후쿠 팀이 우승하면 교수님은 마돈나에게 상을 받고, 너는 깔끔하게 졸업. 이렇게 되는 거야?"

"맞아, 구치키. 오늘 상대한 오카다 팀 대표는 기온이랑 기야초에 매장을 여럿 가지고 있는 수완가 사장이야. 낮이 아니라 이른 아침에 경기를 하는 것도 그래서야. 밤에 일하는 그 친구들은 낮에 주로 잠을 자고, 또 일반 회사에 다니는 사람은 근무를 해야 하니까."

"오늘의 멤버는 왜 너한테 협조한 거야? 연구실 사람들도 모두 졸업하기 어려워? 너 같지 않고 다들 성실해 보이던데. 업소 사람들은? 나처럼 너한테 빚진 거야? 보통은 이렇게 이른 아침부터 모이진 않잖아."

그거야, 하며 다몬은 굵은 두 눈썹 사이에 주름을 만들었다.

"매년, 여름 방학에 야구 대회에 참가하는 걸 연구실 연례행사로 인식하고 있는 거 같아. 그래서 교토에 남아 있는 연구실 후배들은 비교적 쉽게 협조해줬고. 그래도 오늘 세 명이 부족해서 우리 가게에서 일하는 웨이터들한테 모두 얘기해봤지만 단칼에 거절당했어. 지푸라기라도 잡는 심정으로 동종 업계 선배들한테 부탁해서 어찌어찌 머릿수 채운 거야."

"같은 클럽 사람들이라고 하지 않았어?"

"뭐, 자세히 얘기해봤자 연구실 후배들은 잘 모르니까. 아까 투수한 녀석을 꾀었더니 자기 가게에서 젊은 친구 둘을 데리고 와줘서 진짜 한숨 돌렸다니까."

"그 노랑머리도 아침까지 일한 거지? 용케도 왔네."

"기브 앤드 테이크지."

"넌 뭘 기브 했는데?"

"요즘은 어디든 일손이 모자라거든. 우리 가게 일 끝나면 선배 가게에 헬프*로 갔어."

"그거……, 꽤 힘들겠네."

"선배네 가게는 남자가 술을 마시니까…… 헬프라서 할당은 없지만 좀 마셔야 도움이 되지."

시합 시작 전에 비하면 나아졌지만 다몬의 햇빛에 그은 얼굴은 여전히 흙빛으로 물들어 있다. "졸리네" 하며 다몬이 크게 하품한 것을 신호 삼아, 우리는 자리에서 일어나 가게 앞에서 헤어졌다.

습기를 머금은 불쾌한 더위가 일찌감치 거리 전체를 뒤덮었고 나는 그 더위를 느끼며 다카노를 향해 히가시오지 거리를 자전거로 달렸다. 하숙집으로 돌아오자마자 선풍기를 틀고 그대로 침대에 쓰러졌다. 이른 아침 잠결에 야구를 하고 들어와 다시 잠들면 이것도

---

* 접객을 돕는 종업원으로 술을 제조하거나 분위기를 띄우는 역할을 한다.

아침잠이라 할 수 있을까? 잠이 막 들려고 하는 순간, 다마히데 배에서 우승한 어느 미래에, 아직 본 적 없는 미후쿠 교수가, 아직 본 적 없는 다마히데 마마에게 볼에 키스를 받는 장면을 상상해봤지만 인간의 머리로는 생각할 수 없는 세상의 일처럼 느껴졌다. 추상화 같은 이미지밖에 떠오르지 않는다.

＊　　＊　　＊

8월 10일, 오전 5시 반 기상.

완전한 데자뷔, 이틀 전의 반복이었다.

다몬의 모닝콜에 잠이 깨어 몽롱한 머리로 옷을 갈아입고, 글러브를 옆구리에 끼고는 밖으로 나갔다.

쾌청하다.

하숙집에서 나온 순간, 이틀 전보다 조금 더 더워진 것 같은 느낌을 받았다. 아침 6시도 안 됐는데, 기온은 25도가 넘었다. 지구는 괜찮은 걸까.

다마히데 배 2차전의 상대 팀은 '야마모토'.

아라시산*과 가라스마고조에서 호텔을 경영하는 실업가가 이끄는 팀이라는 정보를 들었다.

잠에 취한 눈으로, 무의식적으로 페달을 밟아 고쇼의 문을 통과했을 때, 문기둥 옆에 서 있는 한 여자가 눈에 들어왔다. 청바지에 티셔츠를 입은 편한 차림으로 핸드폰을 들여다보고 있다. 옆얼굴이 어딘가에서 본 기억이 있는 것 같았지만 고개를 숙이고 있어 확실치 않았고, 무엇보다 아침 6시에 고쇼에서 아는 사람을 만날 확률 따위는 제로 이하일 거라고, 바로 의식에서 떨쳐버렸다.

고쇼G 바로 앞의 산울타리에 자전거가 도열해 있는 풍경 또한 이틀 전의 모습을 충실하게 재현하고 있었다. 백네트 옆에 서 있는 다몬의 얼굴에 술에 유린당한 흔적이 선명한 것도 당연지사. 다만 지난번과 다른 점은 늘어진 표정 속에 상당히 심각한 듯한 기색이 엿보인다는 점이다.

"무슨 일이야?"

고등학교 때부터 햇수로 8년 차 친구다. 다마히데의 마마와 교수들에 비하면 고작 5분의 1 수준인 세월이

---

* 교토 서쪽에 있는 산으로 대나무숲과 아름다운 경치로 유명하다.

지만 곤란한 일이 있다는 것 정도는 눈치챌 수 있었다.

"한 명이, 갑자기 못 오게 됐어."

그랬구나, 하고 나는 한숨을 쉬었다.

하숙집에서 에어컨을 너무 많이 틀어서 연구실 멤버 한 명이 감기에 걸렸는데, 어제부터 고열이 나더니 누워 있는 것 같단다.

"아침 6시부터 고쇼로 달려와줄 만큼 교수에 대한 충성심 두터운 녀석들은, 이제 연구실엔 안 남아 있는 건가."

다몬은 농담을 받아줄 여유도 없는지 입가를 일그러뜨린 채 으음, 신음 소리를 내고 있다.

"그런데 왜 너네 보스는 오지도 않는 거야? 이렇게 아침 댓바람부터 젊은이들을 끌어내놓고서 자기는 지금도 쿨쿨 자고 있겠지? 그래 놓고 약삭빠르게 포상은 받으려 하다니 뻔뻔해도 유분수지."

"그건 공평성 유지 때문이야."

"공평성? 무슨?"

"우리 교수님은 아직 야구를 할 수 있는데, 다른 팀 대표들은 모두 그렇지 않으니까. 병에 걸려 요양 중인 사람도 있는 거 같고. 현장 응원도 훌륭한 전력이 되잖아? 그렇다면 공평하게 모든 대표는 시합에 모습을 드러내지 않는다, 그런 논리지."

집에서 느긋하게 자고 싶다는 욕구의 정당화로밖에 들리지 않았지만 일리가 없지는 않은 것 같다.

"여덟 명으로는 시합하기 어려울까?"

"그냥 동네 야구면 상대편에서 한 명 빌려와도 되지만 승부가 중요한 시합이라서. 시합 시작 전까지 인원 못 맞추면 불성립으로 패배야……"

그때였다.

굵은 팔로 팔짱을 끼고 있는 다몬 뒤에서 여자가 핸드폰을 들여다보며 다가오고 있었다. 청바지와 기본 흰색 티셔츠. 낯이 익다. 아까 문기둥 옆에 서 있던 여성이다.

마침, 내 바로 앞에서 그녀는 핸드폰에서 얼굴을 들었다.

3루 쪽에 포진하고 있는 우리 팀원들을 넌지시 힐끗 보더니, 의아해하는 표정을 지었다. '아' 하고 알겠다는 얼굴로 이번에는 1루 쪽에 포진하고 있는 상대 팀 무리로 시선을 향했다. 그러고는 '거기 있었냐'는 듯 눈가에 미소를 띠며 손을 흔들었다.

상대 팀 중 한 명이 손을 흔들자 그에 호응하듯 그녀가 진행 방향을 홱 돌렸을 때다.

"샤오 씨!"

아직 잠이 덜 깬 얼굴이 멋대로 반응했다.

그녀는 손에 쥐고 있던 핸드폰을 떨어뜨릴 뻔할 정도로 화들짝 놀라며 돌아봤다.

그 순간 앞머리가 한쪽 눈을 덮을 만큼 흘러내렸다. 그녀는 핸드폰의 모서리를 사용해 흐트러진 머리카락을 옆으로 치우며 몇 초 동안 내 얼굴을 응시했다.

"구치키, 군?"

그녀는 거의 입술을 움직이지 않고 내 이름을 불렀다. 그리고 곧이어 "왜?"라며 내가 묻기 전에 질문을 했다.

"어, 그러니까, 좀 이따가 시합이에요."

인사 대신 왼손에 낀 글러브를 들어 보이며 아니, 시합은 못할지도 모른다고 생각했다.

"샤오 씨는요?"

"친구가 야구 시합에 나간다고 응원 오라고 해서 왔어요."

그녀가 1루 쪽에 모여 있는 무리를 손가락으로 가리

키자 몇 명인가가 손을 흔들었다. 이에 샤오 씨가 절도 있는 중국어로 응하자 바로 중국어 답변이 들려왔다.

샤오 씨는 중국인 유학생이다.

왜, 내가 그녀를 아는가 하면 그녀와 같은 학부 세미나에 소속되어 있기 때문이다.

다만, 그녀는 대학원생이고 나보다 연상이다. 세미나를 담당하는 교수님의 연구실 소속이라나, 뭐 그런 이유로 옵서버 자격으로 세미나에 참여하고 있다.

세미나에서 샤오 씨의 인상은 한마디로 '무섭다'.

샤오 씨는 세미나의 유일한 독설가다.

이전에 사마천의 《사기》를 다룬 수업에서 '열녀烈女'라는 단어가 나왔다(원전의 표기는 '列女'다). 대체 열녀는 어떤 분위기의 여성일까? 어쩐지 구체적인 이미지가 떠오르지 않아 여자 프로 레슬러 같은 느낌인가, 하고 멋대로 상상하고 있던 차에 등장한 사람이 샤오 씨였다.

"독은 담아두고 있으면 몸에 해롭다."

그녀는 트위터로 세미나의 멤버를 소개하는 시간에 '좋아하는 말'이라며 중국의 고사성어인지, 그냥 개인적인 신조인지 모를 관용구를 언급했다.

이 말처럼 샤오 씨는 때때로 세미나에 출석한 모든 일본인이 헉 놀랄 만한 독을 내뱉는다. 평소에는 나이 어린 학부생에게도 반드시 존대를 하는 등 대단히 언행이 온화한 사람인데, "그런 얘기, 더 해봤자 의미 없잖아요. 토론을 위한 토론이 되고 있습니다. 한가한가요?"라고 가차 없이 말의 언월도를 휘두른다.

열녀다…….

여자 프로 레슬러와는 극과 극인 작은 체구이지만 세미나에서 본 그녀의 모습에 나는 직감했다.

사마천이 전하려고 한 뉘앙스와는 조금 다를지 몰라도, 그녀에게 현장 분위기 따위는 어차피 공기와 같다. 설령 상대가 교수라도 "그건, 잘 이해가 안 갑니다"라며 이론을 제기한다. 그 강인한 정신력은 한눈에 반할 정도였다.

그런 '열녀' 샤오 씨가 지난 학기 세미나 종강 파티에서 작게 중얼거렸다.

"교토의 여름 더위는 정말 최악이야. 여기 남아 있으면 패배자가 되는 거라고."

그때 마침 샤오 씨와 같은 테이블이었기에 "여행 같은 거 안 가세요?" 하고 물으니, "돈이 없어요"라고 입가를 비죽이며 고개를 가로저었다. 이야기 흐름상 나한테도 여름 계획을 물었고 나는 시만토강 크루즈 계획을 얘기한 기억이 났다. '8월의 패자'가 된 지금에서는 단지 흑역사이고 모쪼록 잊었기를 바랐다.

"구치키 군은 오봉 전에 시만토강에 간다고 했잖아요."

애석하게도 샤오 씨는 대단히 우수한 기억력을 자랑했다.

"아. 이 녀석, 여름 방학 시작 직전에 여자 친구한테 차였거든요. 계획은 모두 깨졌고, 그래서 야구를 하고 있습니다."

이때 갑자기 핸드폰을 들여다보고 있던 다몬이 끼어들며 말했다.

"아이야—."

샤오 씨의 눈이 동그래졌다.

원래 말버릇인지 아니면 다몬이 '아이야—'를 직접 들은 건 처음이라며 흥분했듯이 일본 사람들의 반응이 남달리 좋다는 걸 알아서인지 샤오 씨는 세미나가 한창일 때도 이따금씩 '아이야—'라고 한다. 그 독설에도 사람들이 그녀를 결코 거북해하지 않는 것은 '아이야—'를 내뱉는 타이밍이 절묘하고, 또한 목소리가 무척이나 귀엽기 때문이다.

"구치키 군은 야구 잘해요?"

"전혀 못해요. 9번 우익수예요."

샤오 씨는 "9번 우익수?"라고 의아하다는 듯 중얼거리더니, "구치키 군 팀은 강팀인가요?" 하고 한눈에 봐도 밤업소용 양복을 입은 우리 팀 노랑머리 투수를 흥미롭다는 듯 관찰하며 잇따라 물었다.

강팀, 약팀을 따지기 전에 시합 가능 인원에 미달이다. 어떻게 답해야 하나 생각하는 중에 불현듯, 샤오 씨는 뭣 하러 이렇게 이른 아침부터 응원을 왔을까 하는 의문이 들었다. 아무리 친구를 응원하러 왔다지만 아침 6시도 되기 전에 고쇼까지 온다고?

"샤오 씨는 왜 여기에……."

우리 팀이 강한지 어떤지보다 우선순위가 높은 질문이었고 그녀도 인식했는지, "아아" 하고 작게 끄덕이더니 1루 쪽으로 시선을 향했다.

"내 친구가 아라시산의 호텔에서 아르바이트를 하고 있어요. 그 친구들, 오늘은 사장님 명령으로 야구를 해요. 특별 보너스가 나와서 다들 의욕이 넘치네요. 나는 공부하러 왔고요."

"공부? 무슨 공부요?"

"당연히 야구죠."

뻔한 건 묻지 말라는 듯 목소리 톤이 조금 올라갔다.

"그게 다예요?"

그때 다시 다몬이 끼어들었다.

"저쪽 팀 선수로 뛰려고 온 건 아니죠?"

"당연하죠."

무슨 뜻인지 모르겠다는 듯, 미간에 가는 주름을 잡으며 답하는 그녀에게 다몬은 묘하게 눈빛을 반짝이며 물었다.

"우리랑 야구하지 않을래요?"

에? 하고 샤오 씨보다도 먼저, 내가 놀라고 말았다.

"갑자기 멤버 한 명이 못 오게 됐는데, 이 상태로는 시합을 할 수가 없어요. 샤오 씨도, 샤오 씨 친구도 이런 이른 아침에 힘들게 고쇼까지 왔는데 헛걸음이 되잖아요. 그치만 샤오 씨가 우리 팀에서 선수로 뛰면 시합을 할 수 있거든요."

"내가요?"라며 확실히 동요하고 있는 샤오 씨에게 다몬은 강력하게 선언했다.

"그냥 서 있기만 하면 됩니다."

분명히 이틀 전 시합은 5회 콜드 게임이라고는 하지만 내 방망이는 한 번도 경쾌한 소리를 내지 못했고, 수비도 라이트로 공이 날아온 건 한 번뿐이었다. 만약 그 공을 쫓지 못해 홈런이 됐다 해도 질 일은 없었을 것이다. '서 있기만 하면 된다'라는 말이 거짓은 아니다.

글러브도 있다며 보호구 가방에서 하나를 꺼내고는 "야, 너도 부탁해"라고 다몬이 귀엣말을 했지만 그래도 느닷없이 샤오 씨에게 부탁하기는 좀……, 하고 주저하고 있었다.

"잠깐만 기다려주세요."

내가 주저하는 사이 그녀는 얼른 1루에 있는 친구에게 가버렸다.

1분 후.

의리 있게도 그녀는 종종걸음으로 돌아왔다.

"하죠."

그녀의 결연한 의사 표명에 나와 다몬의 입에서 동시에 "오오" 하는 소리가 흘러나왔다.

"그런데 이게 전부예요? 야구는 아홉 명 필요하죠? 당신들이 일곱 명, 날 포함해도 여덟 명. 아직 한 명이 부족하네요."

"아, 조금 늦는 거고, 곧 도착할 거예요."

"다몬짱, 미안!"

다몬의 말이 채 끝나기 전이었다.

"우리 가게 고짱이 말이야, 어제 다른 가게에 헬프로 갔다가 거기서 술이 떡이 돼서, 그냥 가게에서 잠들었다고 연락이 왔어. 어쩌지? 녀석이 못 일어나네. 미안!"

노랑머리 투수가 두 손을 모으고 머리를 숙이고 있다. 얼굴빛은 여전히 창백하지만 귀에 연속으로 박힌 네 개의 피어스가 아침 햇살에 반짝반짝 빛나 왠지 사과하는 모습이 성스럽다.

산 넘어 산이로구나. 아침 6시가 막 지난 시간에 들어온 절망적인 소식에 다시 다몬이 신음 소리를 냈다.

"아무라도 괜찮죠? 나한테 하자고 했을 정도니까."

지금의 상황을 지켜보고 있던 샤오 씨가 물었다.

"뭐, 그렇기는 한데……."

다몬은 굵은 눈썹을 팔자로 만들고, 손가락으로 머리카락을 쥐어뜯으며 말했다.

"그렇다면 물어봐요."

"네?"

다몬이 손의 움직임을 멈췄을 때, 이미 샤오 씨는 걸

어가고 있었다.

오늘 시합에서 우리 팀 미후쿠는 3루 쪽을 배정받았다. 1루 쪽은 라인을 따라 작은 벤치들이 나란히 있는데 3루 쪽에는 벤치가 없다. 대신 조금 떨어진 곳에 커다란 소나무가 있고, 옆으로 뻗은 멋진 곁가지 아래에 벤치가 있다.

샤오 씨는 그 벤치 쪽으로 가고 있었다.

거기에 한 남자가 있었다.

자전거에 걸터앉아 한쪽 다리를 벤치 가장자리에 올린 듯한 자세로, 멍하니 그라운드를 바라보고 있다.

샤오 씨는 그 남자 옆에서 걸음을 멈췄다. "안녕하세요?" 하는 목소리가 희미하게 들려온다. 놀란 듯이 남자가 고개를 돌렸다. 남자는 서른이 조금 안 됐을까. 일방적으로 말하고 있는 샤오 씨에게, 남자는 하아, 하는 반응이 들리는 것처럼 이따금 고개를 끄덕이고 있다.

곧, 남자가 걸터앉아 있던 자전거에서 내렸다. 자전거는 그대로 두고 샤오 씨와 나란히 걸어오고 있다.

"우와, 네 친구 대단하다."

"친구 아니고 세미나 선배."

"이분, 우리랑 야구 같이 해주겠답니다!"

멍하니 서 있는 나와 다몬의 시선을 느꼈는지, 샤오 씨는 들뜬 목소리와 함께 두 손으로 머리 위에 동그라미를 만들며 외쳤다.

* * *

나는 어릴 적부터 〈남쪽 섬의 하메하메하 대왕〉* 동요가 좋았다. 알다시피 노래에서는 바람이 불면 학교에 늦게 가고, 비가 오면 가지 않고, 그의 아이들은 태평하기 그지없다.

가능하다면 하메하메하 대왕 일가처럼 그저 '덥다'는 이유만으로 외출 요청을 거절하고 싶었다. 하지만 오후 3시라는 최고로 더운 시간대에, 나는 자전거로 달리고 있다. 빨간 신호에 걸릴 때마다 "죽겠다"를 연발하며 상대가 정한, 가와라마치이마데가와 교차로에서 멀지 않은 노포 파스타 가게 '세컨드 하우스'에 도착했다.

---

* 일본의 동요. 하와이 왕국의 초대 왕으로 하와이 역사상 가장 존경받는 인물인 카메하메하 1세를 모티브로 만들었다.

자리에 앉자마자 유리컵에 담긴 차가운 물을 단숨에 비우고, 에어컨 바람을 쐬며 땀이 마르기를 기다리고 있으니 5분 정도 늦게 샤오 씨가 나타났다.

"식후에 케이크도 먹을 거니까 잘 부탁해요."

내 맞은편에 앉은 그녀도 얼굴에 땀이 맺혀 있다. 가방에서 땀 제거 시트 팩을 꺼내, 한 장을 뽑아 목덜미를 닦으며 메뉴를 쓱 훑었다. 샤오 씨는 '바지락 버섯'을, 나는 아이스커피를 주문했다.

그녀는 어제 고쇼G에서와 거의 비슷한 티셔츠에 청바지 차림의 간편한 복장이다.

왜 나는 여기서 샤오 씨와 마주앉아 파스타 데이트 비슷한 걸 하는가.

이게 그녀의 조건이었기 때문이다.

다마히데 배에 출전하는 대신에 점심을 살 것. 이것이 미후쿠 팀에 참가하면서 그녀가 제시한 요구 사항이었다.

그녀가 참가해주는 것만 해도 고마운 일이다. 그런데 모르는 남자까지 데려와 시합이 가능한 인원을 맞춰주었다. 물론, 다몬이 그 요구를 거절할 리도 없었다.

"부탁한다, 구치키."

다몬은 1,000엔짜리 지폐를 쥐어주면서 뒷일을 모두 잘 부탁한다는 듯이 어깨를 두드렸다.

"어제 시합, 좋았어요. 내 친구들은 모두 분통을 터뜨렸고요. 이기면 사장님한테 우승 보너스를 받을 수 있었으니까요."

작은 물방울이 가득 맺힌 유리컵에 든 물을 마시며 샤오 씨는 옅은 미소를 띠었다.

그녀의 말대로 우리 팀 미후쿠는, 호텔 그룹 사장이 이끄는 야마모토 팀을 격파하고 2차전의 승리도 거머쥐었다. 단, 1차전 같은 일방적 게임이 아니라 서로 삼진과 범타가 난무하는 투수전이었고 점수도 3 대 2로 접전이었다.

"샤오 씨, 진짜 내일 시합에도 나와줄 건가요?"

"안 되나요?"라고 되묻기에 그럴 리가 있겠냐는 듯 고개를 가로저었다.

"샤오 씨는 야구가 좋아요?"

"좋은지 어떤지 아직 모르겠어요."

어제 시합에서 샤오 씨의 첫 타석은 볼넷이었다.

두 팀에서 유일한 여성인지라 상대 팀 투수도 긴장했는지 살짝 빠진 공이 그대로 샤오 씨의 엉덩이를 가

벱게 맞혔다. 자기 발아래에 떨어진 공을 주운 샤오 씨는 아무 일도 없었다는 듯 그것을 상대 투수에게 던졌고 다시 타격 준비를 했다.

"샤오 씨, 볼넷이에요."

다몬이 웃으며 말해도 멍한 얼굴로 뒤돌아본다. 규칙을 이해하지 못하는 듯, 심판이 얘기하고 나서야 방망이를 그 자리에 놓았다. 그리고 3루를 향해 걷기 시작했기에 우리 팀 모두가 "저쪽, 저쪽" 하고 1루를 가리키니 "아아" 하고 고개를 끄덕이고는 휙 돌아섰다.

그런 샤오 씨이지만 어제 아침 6시에 고쇼G에 나타난 가장 큰 이유는 야구를 공부하기 위해서라고 한다.

"샤오 씨는 왜 야구를 공부하고 싶다는 생각을 했어요?"

이때, '바지락 버섯'이 나왔다. 샤오 씨는 능숙하게 스푼과 포크를 사용해 바지락 껍데기에서 살을 발라낸다.

"연구하려고요."

"연구? 야구 연구요?"

"나는 대학원에서 일본의 프로 스포츠 역사를 연구하고 있어요. 중국은 프로 스포츠 발전이 더뎌요. 왜

일본에서는 프로 스포츠가 활성화되었는지, 그 이유를 연구하고 있어요. 그래서 일본에서 가장 역사가 긴 야구를 공부하기로 했습니다. 어제는 실제로 시합을 볼 수 있는 기회였기 때문에 고쇼에 갔고요."

그러고 보니 샤오 씨가 대학원에서 무슨 공부를 하고 있는지 물어본 적이 없었다. 그런 내용을 다루고 있었구나, 하고 감탄하는 사이 그녀는 포크에 돌돌 감은 파스타를 한입에 호로록 삼켰다.

"오리콘다레."

그러고는 갑자기 아저씨 같은 걸쭉한 목소리로 말했다.

주변 손님들의 시선이 순간, 무슨 일인가 하고 우리 쪽을 향했다.

"뭐, 뭐예요, 그거."

"내가 처음으로 배운 일본어예요."

"오리콘다레가요?"

그래요, 라며 샤오 씨는 포크를 접시에 올려놓았다.

"야구는 계속 흥미가 있었어요. 가는 막대기로 공을 때린다. 그리고 달린다. 네모난 판 위에서 멈춘다. 왜 때린 사람은 더 달리지 않나요? 왜 때린 사람은 다음에 때릴 사람이 등장했을 때, 던지는 사람이 공을 하나씩 던질 때마다 네모난 판에서 조금 움직였다가 다시 돌아가나요? 다음 때리는 사람이 크게 때렸을 때, 네모난 판 위에서는 사람들이, 모두 달립니다. 그대로 계속 달릴 때가 있고, 방금 전에 서 있던 판으로 돌아올 때도 있죠. 그건 왜 그런가요?"

샤오 씨가 의아하게 생각하고 있는 상황은 이해가 갔다. 하지만 야구만의 독특한 규칙, 견제나 리드, 태그업 같은 전문 용어를 모르는 상대에게 상황을 설명하기는 매우 어렵다. "으음, 그건" 하고 말문을 연 다음 머뭇거리고 있는 사이에 샤오 씨는 '바지락 버섯' 접시를 비우고 "케이크, 먹을게요" 하며 자리에서 일어났다. 입구 근처에 있는 진열대를 찬찬히 들여다보더니 점원에게 주문을 하고 돌아왔다.

"어제는 제 인생에서 두 번째 야구였어요."

"두 번째? 어딘가에서 야구를 한 적이 있어요?"

"아뇨, 처음에는 보기만 했어요."

"프로 야구였나요? 아니면 고시엔 고교 야구요?"

아뇨, 하고 샤오 씨는 고개를 가로저었다.

"베이징에서요."

"베이징?"

"네, 2008년 여름이었어요."

"대답이 바로 나오네요."

"베이징 사람이라면 누구나 기억하고 있어요. 중국에서 첫 올림픽이 열린 여름이었으니까."

아아, 하고 나는 아이스커피를 입으로 가져가려던 움직임을 멈췄다.

"저는……, 그때 초등학교 2학년이었어요."

"나는 초등학교 6학년이었어요."

2008년, 베이징 올림픽.

태어나서 처음으로 올림픽이라는 존재를 인식한 게 베이징 올림픽이었다.

샤오 씨는 점원이 가져다준 밀 크레이프와 아이스커피를 자세히 들여다보더니 "좋네요"라며 눈가까지 덮는 앞머리를 옆으로 넘겼다.

2008년 당시, 베이징에 살고 있던 샤오 씨는 학교별로 올림픽 관전을 간다는 사실을 알고 몇 달이나 전부터 그날을 손꼽아 기다렸다.

하지만 기대는 당혹감으로 바뀌었다.

샤오 씨 학교에 할당된 관전 경기는 지금까지 들어본 적 없는 경기였기 때문이다.

관전 당일, 아이들은 여태 본 적 없는 형태의 경기용 필드를 둘러싼 스탠드석에 앉았고, 거기서 시합을 견학하라는 지시를 받았다. 하지만 인솔 교사를 비롯해 누구 한 사람 눈앞에서 펼쳐지고 있는 경기를 아는 이가 없었다. 경기가 고조되고 있는지 아닌지조차 파악하지 못한 채로 시간만 흘렀다. 관중 대부분이 중국인이었는데 아마 경기 규칙을 이해하는 사람은 아무도 없었을 것이다. 아이들은 점점 지루해져 그라운드에서 무슨 일이 일어나고 있는지는 관심 없고, 자기들끼리 떠드는 데 열을 올리고 있었다. 무엇보다 눈앞에서 진행되고 있는 것은 '야구'라는 미지의 스포츠이고, '일본 대 네덜란드'라는 자기들과는 아무런 관계도 없는 대전 카드였기 때문이다.

이상하리만치 긴 시합 시간 때문에 샤오 씨도 경기를 보는 게 서서히 고통스러워졌다.

게다가 졸리기까지 했다.

조용히 관전합시다, 라는 인솔 교사의 당부를 지키며 샤오 씨는 양옆의 반 친구들과 떠들지 않고 참고 있었는데 집중력도 슬슬 한계를 맞이하려 하고 있었다.

그때, 묘한 말이 들려왔다.

"오리콘다레."

목소리의 주인공은 바로 알 수 있었다.

주변 사람은 모두 자리에 앉아 관전하고 있는데 대각선으로 앞쪽에서 땅딸막한 체격의 남자 어른이 일어나 오른손을 빙빙 돌리며 "오리콘다레"를 또 외치고 있었다.

"호우리콘데야레!"*

이제야 나는 드디어 샤오 씨가 들은 '첫 일본어'의 정체를 알았다.

걸쭉한 느낌이 강한 "오리콘다레"가 과연 응원일까, 아니면 야유일까, 샤오 씨가 재현한 말만 들어서는 이해가 되지 않았다. 샤오 씨는 그 후로도 남성을 계속 관찰했다. 인솔 교사들끼리 "일본 사람이네"라고 말하는 걸 듣고, "오리콘다레"가 일본어임을 알았다. 일본 사람들은 희로애락을 겉으로 드러내지 않는 차가운 인종이라는 이미지가 있던 만큼 모든 희로애락을 폭발시키며, 주변의 눈도 전혀 아랑곳하지 않고, 혼자 고

---

* 放りこんでやれ. '날려버려'라는 뜻으로 타자에게 공을 멀리 치라고 응원, 주문하는 뜻으로 사용하고 있다.

성을 지르면서, 온몸으로 계속 응원하는 남자의 모습을 샤오 씨는 놀라움으로 지켜봤다.

"그 시합, 어디가 이겼어요?"

"몰라요. 학생들은 밤 9시가 되기 전에 일어났거든요. 시합 도중이었는데 다들 이제야 집에 갈 수 있게 됐다며 좋아했어요."

샤오 씨 말이, 그 경기가 자신의 첫 이문화 체험이라고 했다.

요인은 그 밖에도 여럿 존재했고 그것들이 복합적으로 얽힌 결과이기는 하지만, 만약 자기가 일본 대학원에서 공부하게 된 계기가 무엇이냐는 질문을 받는다면 올림픽 야구장에서 들었던 "오리콘다레"가 계기라고 대답할 거라 했다.

"잘 먹었어요."

생각지도 못한 일본 문화(?)와의 만남을 소개한 샤오 씨는 밀 크레이프 조각의 마지막 자투리를 아쉽다는 듯 입으로 가져간 다음, 깊게 고개 숙여 인사했다.

"아니에요, 이건 약속이니까요."

나는 당황해 의자 등받이에서 몸을 일으키며 말했다.

"그럼, 남은 세 번도 한턱내는 거죠?"

샤오 씨가 얼굴을 들고 싱끗 웃으며 말했다.

"내일도 이깁시다. 팀 미후쿠, 쟈요*!"

다몬은 다마히데 배에 참가하는 여섯 팀의 대표들이 비유하자면 육각형의 꼭짓점이고, 육각형의 중심에는 과거 '다마히데'라는 이름으로 불리던 예기 출신의 여성이 있으며, 각각의 꼭짓점과 중심 사이에는 40년이라는 세월이 자아낸 굵은 보조선이 그어져 있다고 했다. 한편, 꼭짓점 간의 관계도 보통 이상의 끈끈함이 있는데 때로는 친구, 때로는 경쟁자라는 다양한 형태로 절차탁마하며 오늘날 각자의 번영을 일구어왔다고 한다.

그중에서도 다몬 연구실의 보스인 미후쿠 교수와 같은 학부 소속인 오타 교수의 40년에 걸친 경쟁 관계는 가히 '오타후쿠 전쟁'이라 불릴 만큼 치열했다.

둘은 대학에서 같은 교수 문하에서 공부했고 같은 시기에 '다마히데'를 만났다. 다마히데는 그들의 등 뒤에서 그들이 학문의 세계에서 살아남기를 응원했다. 둘은 대학에 남았고, 치열한 출세 경쟁을 뚫고 함께

---

* 加油. 중국어로 여기에서는 '파이팅'을 의미한다.

교수가 됐다. 입신양명을 하는 동안에 어떤 싸움이 발생했고, 거기에 '다마히데'가 어떻게 얽혔는지 알 길은 없다. 지금도 둘은 강한 경쟁 관계를 유지하고 있고 다몬에게도 교수는 직접 "오타 팀한테만큼은 절대로 지면 안 된다"라며 다짐을 요구했다. 확실한 건 아니지만 둘은 인생을 건 싸움의 마지막 결전인 양, 현재 학부장 자리를 놓고 격렬한 승부 중이라고 한다. 미후쿠 교수는 이 시합에서 경쟁 상대를 무릎 꿇려 학부장 전초전을 대신하려는 속된 꿍꿍이가 있는 것 같다.

하지만 요즘 학생들은 메말랐다.

3차전 시작을 기다리는 아침 6시 전의 고쇼G. 다몬은 이틀 전보다 한층 더 심각한 얼굴로 꿈쩍 않고 서 있었다.

연구실 소속 팀원이 한 명 더 못 와서 다몬 외에 겨우 두 명 참가. 학부생뿐 아니라 대학원생들에게도 부탁했으나 교수 생각은 손톱만큼도 하지 않았다고 한다.

"우리 교수님이 쩨쩨한 게 가장 큰 문제야. 좀 더 큰 보너스를 걸어야 하는데 말이지."

다몬은 이렇게 중얼거렸지만 사실, 연구실 사람 중에서는 졸업이라는 특대 보너스 미끼가 있는 다몬과 순수하게 야구가 하고 싶은 경험자 두 명이 남았을 뿐이다. 대체 작년까지 어떻게 팀을 꾸렸는지 정말 의문이다.

"지금까지 잘 버텨왔네. 애초에 이런 여름 방학에 사람이 모일 리가 없잖아."

"그건 교수님한테도 말했어. 오봉 전이라 고향에 가는 사람도 많고, 시합마다 아홉 명을 모으는 것도 무리라고."

"보스는 뭐라고 해?"

"웃으면서 '어떻게든 될 거야' 그러더군. 전혀 상대해주지 않아."

확실히 다몬의 보스 말대로 이틀 전 2차전은 샤오 씨와 또 한 명의 조력자가 막판에 합류해준 덕분에 어떻게 넘어갔지만 오늘은 무리일 것 같다. 어쨌든 야근 때문에 한 명이 더 빠졌고 노랑머리 한 명만 참가한다. 상황이 어렵다. 참고로 가게에서 부르는 그의 이름은 하야토. 나이는 26세. 고등학교 시절 야구부 소속. 분명히 아직 숙취가 덜 가신 피곤에 찌든 얼굴이지만 고지식하게 양복 차림으로라도 오는 걸 보면 순수하게 투수가 하고 싶기 때문인 것 같다.

결국, 오전 6시 시점에서 고쇼 그라운드에 나온 건 나와 다몬, 야구를 좋아하는 세 명, 그리고 샤오 씨, 이렇게 고작 여섯 명이었다.

"세 명이나 모자라요. 이렇게 준비해선 안 됩니다."

가차 없는 샤오 씨의 지적에 다몬은 "말해볼 만한 사람은 전부 말해봤어요"라며 떨떠름한 얼굴로 팔짱을 낀 채, 오늘도 화가 날 정도로 맑게 갠 하늘을 올려다봤다.

"어이, 다몬짱."

그때, 노랑머리 하야토 씨가 방망이를 한 손에 쥐고 다몬의 이름을 불렀다.

"저기, 에이짱 아냐?"

방망이가 가리키는 곳으로 시선을 돌리니 지난번에 샤오 씨의 권유로 즉석에서 참가해준 남자가 꽤나 낡은 자전거를 타고 이쪽으로 오는 게 보였다.

"에이짱?"

"지난번에 뭐라고 부르면 되느냐고 물으니까 에이짱이라고 부르라고 했거든."

하야토 씨가 "어—이" 하고 부르며 방망이를 머리 위로 치켜들었다.

자전거를 탄 그는 수줍은 미소와 함께 고개를 끄덕였다. 이틀 전처럼 소나무 아래에 자전거를 세웠다. 그러자 그를 뒤따라온 두 대의 자전거도 멈춰 섰다.

흰 티셔츠에 작업복처럼 보이는 수수한 컬러의 바지. 그저께와 같은 모습으로 자전거에서 내린 '에이짱'. 그리고 뒤를 이어 두 사람이 자전거에서 내린다.

설마 이렇게 때맞춰 구원의 손길이 등장하다니. 반신반의하는 나와 다몬의 시선에 환영받듯 종종걸음으로 다가온 '에이짱'은 "좋은 아침입니다" 하고 모두에게 가볍게 목례를 하며, "저, 후배들을 데려왔는데, 혹시 인원수가 부족하면……"이라며 뒤따라온 둘을 손으로 가리켰다.

"엔도입니다."

"야마시타입니다."

후배라는 두 사람은 둘 다 귀 위가 깔끔하게 면도되어 있었다. 깔끔한 짧은 헤어스타일에 박력 있는 목소리로 이름을 말하면서 꾸뻑 고개 숙여 인사했다.

사방은 소리 없이 웅성이기 시작했다.

부족하면, 정도가 아니다. 그야말로 기적적인 구세주 등장 타이밍에 다몬은 멍하니 그 셋을 바라봤고, 그

눈은 조금 촉촉한 듯도 보였다.

"고마워요! 고마워요!"

갑자기 다몬이 에이짱을 끌어안았다.

다몬이 엉겨 붙듯 안으며 등을 팡팡 치니, 그렇게 커 보이지 않던 에이짱의 등판이 다몬과 별반 다르지 않았다. 에이짱은 살집이 좋은 다몬과 달리 골격이 딱 벌어진 것이리라.

글러브를 가져오지 않았다는 에이짱의 말에 다몬은 곧바로 보호구 가방에서 딱 세 개 있던 여분의 글러브를 꺼냈다.

이리하여 막판에 아홉 명이 맞춰졌다.

시합 시작 10분 전, 나는 샤오 씨와 구원자 엔도 군과 함께 셋이서 캐치볼을 했다. 샤오 씨는 얼마 전에 2,000엔을 주고 샀다는 글러브로 생각보다 공을 잘 받았다. 공을 던지면서 엔도 군을 향해 "대학생이에요?", "이름은 뭐예요?", "야구는 잘해요?" 등 질문 공세를 퍼부었다. 엔도 군은 당황한 모습이었지만 같은 대학의 법학부에 다니고, 스물한 살이며, 같이 온 야마시타 군과 함께 야구를 해본 적이 있다고 알려주었다. "에이짱의 후배라고 했는데, 무슨 후배예요? 대학 후배요?"라는 질문에는 내가 후배가 아니고, 야마시타가 공장에서 일하는데 야마시타 공장의 선배가 에이짱이고, 야구는 에이짱이 가끔 야마시타를 통해 하자고 하면 하고 있다, 자기는 야마시타와 같은 중학교 출신이며 그는 후배다, 라고 셋의 관계를 알려주었다.

"용케 이렇게 이른 아침부터 올 생각을 했네요."

캐치볼이 끝나고 벤치로 돌아가는 중에 엔도 군에게 말을 거니, 오랜만에 야구가 하고 싶어서 왔다고 산뜻하게 하얀 이를 보이며 말했다. 야마시타 군과 함께 에이짱과 같은 흰 티셔츠에 작업복 느낌의 바지를 입고 있는 것은 여름 방학 때만, 야마시타 군의 소개로 에이짱의 공장에서 아르바이트를 하고 있어서라고 했다.

다시 한번 아홉 명이 둥글게 모였다.

"저쪽 오타 팀에 아는 학부생이 있어서 들은 얘기인데, 투수가 고시엔 출전 경험이 있는 거 같아. 우리 팀하고 대전하려고 오타 교수가 사회인 리그에서 용병으로 데려왔다고 하네. 그리고 같은 사회인 리그 소속이 세 명 포함돼 있어."

다몬은 우리가 선공이라는 사실과 새로운 정보를 알리며 떫은 표정으로 상대 팀을 쳐다봤다.

오타 팀도 주체는 연구실 학생들일 거라 열의가 우리와 비슷하리라는 건 쉽게 예측할 수 있다. 당연히 인원을 채우지 못해 용병을 의뢰한 거겠지만, 그렇다고 사회인 리그에서 데려오는 건, 게다가 고시엔 경험자라니 어른답지 못하다. 학부장 선거의 전초전이라 여기는 건지, 오타 교수의 승리에 대한 집념도 대단했다.

상대 팀의 용병들은 바로 눈에 띄었다.

파란색과 흰색이 주를 이루는 상하 세트 유니폼에 야구 모자를 쓴 네 명이 1루 쪽 벤치에 털썩 앉아 있다. 체격도 나 같은 콩나물 체형과는 정반대로 살집이 있는, 팔 힘에 대단히 자신 있어 보이는 덩치들이었다.

두 팀 모두 정렬하고 목례를 한 뒤, 상대 팀의 유니폼을 입은 두 명이 투수와 포수 포지션으로 향했다. 어깨를 빙글빙글 돌리고 나서, 햇빛에 적당히 그은 얼굴의 투수는 유연한 움직임으로 1구, 2구를 던졌다. 모두 가볍게 던지는 것처럼 보였는데, 이전의 두 시합과는 확실히 질이 다른 궤도였고, '팡' 하는 날카로운 소리를 내며 하얀 공이 포수의 미트 속으로 빨려 들어갔다.

그 장면을 보고 있던 다몬은 소리 없는 신음을 내더니 멤버의 타순과 수비 포지션을 발표했다.

나는 중견수 8번, 샤오 씨는 우익수 9번.

"오늘은 공이 날아올 것 같네요."

샤오 씨는 긴장한 표정으로 글러브를 머리 위에 모자처럼 얹으며 말했다.

이틀 전 2차전은 투수전이기도 했고, 외야로 타구가 날아오는 일 자체가 거의 없었다. 샤오 씨가 즉석에서 맡은 라이트로는 말 그대로 공이 한 번도 날아오지 않았다. 이리하여 나도 라이트에서 센터로 이동했지만 유격수가 잡지 못한 땅볼을 한 번 주웠을 뿐, 수비다운 수비를 한 기억은 없다.

마스크를 쓴 심판이 플레이볼 콜을 외쳤다. 다몬 말이, 매년 자격이 있는 사람에게 심판을 의뢰하고 있는 것 같다고 했다.

선두 주자는 노랑머리 하야토 씨. 다리는 넓게 벌리고, 허리를 낮추고, 대단히 운동 신경이 좋아 보이는 리드미컬한 움직임이 믿음직스럽다.

투수가 던진다.

헛스윙.

2구는 볼. 3구는 방망이에 스쳐 둔탁한 파울.

4구. 호쾌하게 헛스윙하면서 삼진.

"저 녀석, 포크볼 던졌네."

쓴웃음을 지으며 들어오는 노랑머리의 말에, 샤오 씨가 어디까지 이해했는지 "아이야—" 하고 탄성을 내뱉었다. 분명 그녀가 중국인인 줄 몰랐을 에이짱, 엔도 군, 야마시타 군, 이렇게 세 명이 동시에 놀란 얼굴로 바라봤다.

* * *

1회 초, 미후쿠 팀의 공격은 삼자 범퇴.

세 번째로 타석에 들어선 다몬에 이르러서는 3구 삼진이었는데, 그답지 않게 "제기랄"이라는 노기 어린 소리를 뱉으며 들어왔다.

초반부터 수세에 몰릴 분위기를 거둬낸 인물은 우리 팀의 에이스였다.

고시엔 경험자에게 지지 않겠다는 의지로 하야토 씨가 멋진 역투를 보여주었다. 오늘도 티셔츠에 양복바지 차림이었지만 거기에 뉴욕 양키스 모자가 새로 추가됐고, 또 발은 구두에서 스니커즈로 바뀌어 있었다. 스니커즈를 신어서 땅을 딛는 힘이 좋아졌는지 이전의 두 시합보다 공이 더 빠르고 예리해진 것 같다. 포수 다몬과 호흡도 아주 좋았다. 템포 좋은 투구로 땅볼을 유도하고, 나와 샤오 씨 외 야구 경험자들의 견고한 수비로 아웃을 만드는 식으로 3회 말이 끝난 시점에 점수는 0 대 0. 대단히 팽팽한 전개로 초반은 순식간에 끝났다.

사실은 혼자 몰래 기대한 게 있었다.

첫 안타를 치는 것.

지금까지 두 번의 시합, 내 타격 성적은 삼진과 볼넷뿐. 방망이에 공이 닿은 것은 파울 한 번뿐이었다. 삼세판이지 않은가. 이제 슬슬 안타를 치고 출루하고 싶다!

이 작은 희망을 품고 오늘도 5시 반에 기상했으나 상대 운이 나빴다. 첫 타석은 맥없이 삼진.

난생처음 변화구 공략이라는 것도 경험했다. 솔직히 말하면 공을 제대로 보지도 못했다. 보이지 않는 것을 맞출 리가 없다. 타이밍이 맞는 건지 아닌지도 모른 채, 무턱대고 방망이를 휘둘러봤자 허무하게 허공만 가를 뿐. 뒤이은 샤오 씨도 3구 삼진이었으나 그녀는 한 번도 방망이를 휘두르지 않았다. 루킹 삼진으로 끝났는데도 아무 일도 없었다는 듯 계속 타석에 서 있어서 포수가 알려주었고, "무시당했어. 웃음거리가 됐어"라며 분개하면서 들어왔다.

6회 말이 끝났는데도 여전히 0 대 0.

상대는 우리가 무득점으로 끝날 것을 어느 정도 예상했더라도, 자기네 팀이 1점도 뽑지 못할 거라고는 생각도 못했을 것이다. 그만큼 우리의 노랑머리 에이스가 훌륭한 투혼을 보여주었다.

마지막 회인 7회를 맞으면서 지금까지 없던 긴장감이 그라운드를 덮기 시작했다.

유니폼을 입은 고시엔 출신 투수는 삼진을 잡겠다며 우렁차게 포효하는 타입이었다. 그 소리가 우리 멤버들을 은근히 옥죄듯 초조하게 만들었는지 이번 회의 선두 타자인 에이짱이 작게 중얼거리며 타석으로 향했다.

"고시엔인지 뭔지 모르겠지만, 녀석 시끄럽군."

시합 시작 전에 둥글게 모였을 때, 샤오 씨가 "이렇게 아침 일찍부터 야구를 하면 일에는 지장 없나요?" 하고 물었다.

"일 시작 전 운동으로 딱 좋아요."

에이짱은 싱글싱글 웃으며 대답했다. 무슨 일을 하냐

고 주저 없이 묻는 샤오 씨에게 부품 공장에서 일한다고 한 말을 증명하듯 에이짱의 하얀 티셔츠 등판에는 늠름한 견갑골과 근육이 선명하게 도드라져 있었다.

하지만 듬직한 자세와는 달리, 방망이는 시원하게 허공을 가르고 순식간에 투 스트라이크 처지가 됐다.

"에이짱, 침착하게 공을 보고 쳐."

하야토 씨의 응원에 이어 뭔가 응원이 될 만한 말을 하고 싶었지만 포기했을 때, 옆에서 "오리콘다레"라는 걸걸하고 투박한 외침이 들려왔다.

응원 대상인 에이짱이 놀라서 방망이를 쥔 손의 힘을 풀 정도로 그 소리는 운동장에 날카롭게 울려 퍼졌다.

"오리콘다레!"

주먹을 하늘로 찌르며 샤오 씨는 목소리의 볼륨을 한층 더 높여 외쳤다.

베이징에서 익힌, 진한 아저씨 느낌의 응원에 에이짱은 작게 고개를 끄덕이고는 방망이를 고쳐 쥐었다.

투수가 크게 와인드업을 한다.

갑자기 통쾌한 소리가 울린다.

하얀 공이 크게, 좌익수 방향으로 날아간다.

떠들썩한 소리와 함께, 모두가 하얀 선 바로 앞까지

달려 나가, 낙하지점을 지켜보려고 목을 길게 뺐다.

공은 쭉쭉 날아가 좌익수의 머리를 지났다. 환호성에 힘입은 듯 에이짱이 달린다. 1루를 힘껏 밟고, 2루를 지나, 드디어 3루까지 돌았을 때였다.

"멈춰!"

다몬이 크게 손을 올려 저지했다.

에이짱이 흙먼지를 일으키며 급정지한 후 3루 베이스로 돌아왔고 유니폼을 입은 좌익수가 던진 멋진 공이 다시 유격수에게 날아들었다. 그대로 홈으로 돌진했더라면 분명히 태그 아웃 당했을 것이다.

"3구에서 결정구로 던진 포크볼을 완벽하게 노려서 받아쳤군."

다몬은 감개무량한 표정으로 중얼거리더니, "나이스 배팅, 에이짱!" 하고 크게 손뼉을 쳤다.

3루 베이스 위에서 에이짱은 수줍은 미소와 함께 무릎 주변의 흙을 털었다.

노 아웃 3루.

빅 찬스다.

갑자기 달아오르는 팀의 응원을 받으며 엔도 군이 타석으로 향한다.

상대 투수는 자기를 향해 달려오는 포수에게 동요하는 모습을 보이지 않고, 담담한 표정으로 얘기를 나누었다. 그리고 포수가 떠난 뒤, 허공을 향해 "핫" 하고 기합을 넣었다.

시합이 재개되고 투수가 첫 번째 공을 던졌다.

헛스윙. 스트라이크.

2구는 볼, 다음도 스트라이크.

일찌감치 궁지에 몰렸다.

그때였다.

"이, 얼, 싼."

작은 소리가 들려 고개를 돌려보니, 샤오 씨가 투수를 향해 열정적인 시선을 쏘고 있었다. 아마 투구 타이밍을 계산하고 있는 것 같다. '하나, 둘'에서 와인드업을 하고, '셋'에서 던진다. 어쩐 일인지 공이 크게 빠졌다. 당황한 포수는 팔을 뻗어 공을 받아냈다.

"하나, 둘, 셋."

샤오 씨의 박자에 호응하듯 날아간 5구. 엔도 군의 가슴으로 쏙 들어갔다.

변화구였는지, 엔도 군은 이쪽에서 보기에는 과장스럽다 싶을 정도로 허리를 뒤로 뺐는데 심판이 "스트라이크, 아웃!"을 선언했다.

등 뒤에서 울리는 오늘 최고 투수의 우렁찬 포효를 들으며, 엔도 군은 미안한 듯 얼굴을 찡그리며 들어왔다.

자, 이제 내 차례다.

다음 타순은 샤오 씨다. 내가 에이짱을 홈베이스로 돌려보내지 않는 한, 득점 기회는 없다고 생각하는 게 맞을 것이다.

엔도 군에게 방망이를 받아 들고 홋, 하고 기합을 넣었다.

"구치키, 히어로가 되어줘."

다몬이 등을 두드리며 말했다.

응, 하고 고개를 끄덕이고 타석으로 향했다.

이상한 일이다. 야구에 의욕 따위는 1밀리미터도 없었는데 어느새 '치고 싶다'는 명확한 욕구가 싹터 있었다. 이에 호응하듯 심장은 고동쳤고 두 팔은 다른 사람의 것처럼 뻣뻣해졌다.

"읏샤."

그래도 기합 소리와 함께 방망이를 쥐고, 나는 예리하게 투수를 노려봤다.

그 결과.

3구 삼진.

너무나 심심한 대전이어서일까, 상대 투수의 외침도 이전 타자 엔도 군 때보다 갑자기 쪼그라들었다. 소소하게 자존심에 상처를 입고 터덜터덜 벤치로 돌아와 대기하고 있는 샤오 씨에게 금속 방망이를 건넸다.

미안해요, 하고 고개를 숙이자 샤오 씨는 "저한테 맡기세요"라며 크게 고개를 끄덕여 보였다.

"하나, 둘, 셋이에요."

에? 나도 모르게 방망이를 놓칠 뻔했는데 샤오 씨가 표정 없는 목소리로 나지막이 말하며 내 손에서 방망이를 빼앗아갔다.

그러고 보니 지금까지 두 타석, 한 번도 방망이를 휘두르지 못하고 날아오는 공의 포물선을 그저 눈으로 좇기만 하던 샤오 씨의 모습이 떠올랐다.

무사 3루라는 절호의 득점 기회가 우왕좌왕하는 사이에 아웃이다.

"돈 마인드 Don't mind."

다몬은 내 어깨에 손을 올리면서 말했지만 이대로 공격이 끝날 걸로 예상했는지 보호구를 착용할 준비를 시작했다.

어딘가 부자연스럽게 방망이를 움켜쥐고 있는 샤오 씨를 향해 투수가 초구를 던진다.

'팡', 공은 경쾌하게 포수의 미트로 안겼다. 스트라이크.

역시, 샤오 씨는 미동도 하지 않는다.

가만히 투수를 응시하며 작게 뭔가 중얼거리고 있다. 분명히 '하나, 둘, 셋'을 반복하며 공의 궤적을 지켜보려는 것이다.

2구, 스트라이크.

상대 투수는 상대가 여자라도 전혀 봐주지 않는다. 단, 샤오 씨의 키가 150센티미터 초반이라 스트라이크 존도 그에 맞게 작아져서인지 속도는 약간 조절하는 느낌이다.

분명 투수는 샤오 씨에게 포크볼을 던지지 않을 것이다. 왜냐하면 그녀는 오늘 한 번도 방망이를 휘두르지 않고 있기 때문이다. 변화구를 던졌다가 자칫 볼이 되면, 재빨리 직구를 던져 이 위기를 끝내려고 할 것이다.

이런 내 예상이 맞은 건지 어떤지는 모른다.

3구째, 샤오 씨는 처음으로 방망이를 휘둘렀다.

옆에서 보기에는 쉽게 휘두른 방망이가 너무 쉽게 공을 맞춘 것처럼 보였다. 즉, 타이밍이 완벽했다.

청량한 고음과 함께 튕겨 나간 공은 투수 바로 옆으로 빠져나갔다. 투구 후의 무너진 자세로 허둥지둥 글러브 낀 손을 뻗었지만 늦었다. 일단 바운드된 공은 앞쪽 수비 2루수의 필사적인 글러브에서도 도망쳐, 절묘한 궤적을 그리며 데굴데굴 굴러 중견수 쪽으로 갔다.

우렁찬 함성 세례를 받으며 에이쨩이 홈베이스로 들어왔다.

"샤오 씨, 돌아가!"

이때 다몬의 고함 소리에 무슨 일인가 싶어 봤더니, 당연히 1루에 있을 줄 알았던 샤오 씨가 2루 쪽으로 종종걸음 치고 있었다.

이미 중견수의 공을 받은 2루수가 당황한 표정으로 베이스 위에서 기다리고 있다. 마치 조깅하듯 그곳으로 온 샤오 씨는 베이스 바로 앞에서 터치를 당했다.

"아웃, 체인지!"

심판의 선언이 그라운드 위로 드높이 울려 퍼졌다.

★ ★ ★

7회 말, 상대 팀의 마지막 공격.

이대로 샤오 씨가 쏘아 올린 천만금짜리 적시 안타로 얻은 귀한 1점을 끝까지 지켜내면 우리 팀의 승리다.

센터에서 투수의 등을 바라보며 공을 던질 때마다 기도했다.

제발 잘 싸워줘.

상대의 타순은 9번부터.

투수는 고독한 포지션이라고 하는데, 하야토 씨가 공을 던질 때마다 내야를 지키는 누군가가 반드시 말을 걸어주었다. 급조된 팀이지만 완전히 하나로 뭉쳐진 느낌이다. 이 모든 게 열녀 샤오의 한 방이 불러온 결과라 생각하니 정말 야구는 무슨 일이 일어날지 예측할 수 없다는 생각이 든다.

어딘가 부자연스러운 금속성 소리와 함께 공이 허공으로 떠올랐다. 3루를 지키는 엔도 군이 파울 지역으로 달려가 무난하게 잡아냈다.

환호성과 함께 엔도 군이 웃는 얼굴로 투수에게 공을 던진다. 그라운드 여기저기서 "원 아웃"을 외쳤고, 나도 무의식중에 거기에 목소리를 보태고 있었다.

상대 팀의 타순은 한 바퀴 돌아 유니폼을 입은 선수가 타석에 들어섰다. 여기부터 4번까지 네 명 연속 사회인 리그 선수. 강력한 타선이다.

다몬이 양팔을 옆으로 벌리며 어서 던지라는 듯 미트의 위치를 잡았다.

초구, 갑자기 상대가 번트를 댔다.

허를 찔린 투수는 잠시 동작을 멈췄으나 맹렬히 돌진해 구르는 공을 맨손으로 낚아채, 구르면서 1루로 송구했다.

하지만 공은 크게 빗나가 1루수가 뻗은 글러브 너머로 빠지더니 그대로 수풀 속으로 처박히고 말았다.

심판이 손을 들어 시합을 중지시켰다. 악송구에 관한 규칙이 있는 듯 상대 팀의 걸걸한 응원을 받으며 번트를 댄 선수는 유유히 2루를 향해 나아갔다.

다몬이 심판에게 타임을 요청했는지 하야토 씨 쪽으로 가서 둘이 뭔가 얘기를 하다가 곧 포수 자리로 돌아왔다. 타자가 없는 상태에서 다몬이 상체를 앞으로 숙였다. 기다리던 하야토 씨가 다리를 들고 팔을 머리 위로 크게 올렸지만 어찌된 일인지 공을 던지지 않고 손에 쥔 채로 쪼그려 앉고 말았다.

다몬이 다시 일어나 웅크리고 있는 하야토 씨에게 달려갔다.

"구치키!"

다몬의 목소리가 들려왔다. 나뿐 아니라 내야와 외야 모두를 큰 손짓으로 부르고 있다. 다몬의 제스처를 보지 못하고 라이트 포지션에 덩그러니 서 있는 샤오 씨에게 상황을 전하고, 하야토 씨 주변으로 집합하는 멤버들을 따라 뛰어갔다.

"하야토 씨의 손톱이 부러졌다."

도착하자마자 다몬이 상황을 설명해주었다. 어물쩍 속이고 던질 수 있지 않을까 시도해봤지만 통증이 너무 심해 손을 벌릴 수도 없는 모양이었다.

"미안."

하야토 씨가 머리를 숙였지만 지금까지 하루 쉬고 연이어 등판했고, 특히 오늘은 고시엔 출신 투수한테도 전혀 뒤지지 않는 열정적인 투구를 선보였다. 누구도 그를 책망할 수 없다. 게다가 1루로 송구하면서 넘어진 탓에 소중한 영업 도구인 양복바지가 심하게 흙투성이가 되고 말았다.

"누구, 투수 하고 싶은 사람?"

다몬이 물었지만 손을 드는 사람은 없었다. 연구실의 야구 경험자 두 명도 둘 다 투수 경험은 없을 테니 이런 중요한 시합에서 갑자기 던지라고 하면 어깨가 무거울 것이다. 다몬의 눈에서 도망치기 위해 공연히 자기네 글러브 자락을 구부렸다 폈다 하면서 눈을 마주치지 않았다.

"엔도 군은 못 던지나요?"

이때 갑자기 샤오 씨가 엔도 군을 호명하며 제안했다.

"네?" 하고 엔도 군이 놀란 얼굴로 쳐다본다. 아니, 나는 투수 한 적 없고, 라며 당황해서 고개를 저었을 때, 옆에 서 있던 야마시타 군이 힐끗 에이짱 쪽으로 시선을 주었다.

"에이짱은 던질 수 있죠?"

눈썰미 좋게 그 움직임을 포착한 샤오 씨가 글러브를 낀 손으로 에이짱을 가리켰다.

"너무 오랜만이라 잘 모르겠지만……"

당돌한 지명에도 에이짱은 팔짱을 낀 채 묘하게 표정 없는 얼굴로 고개를 옆으로 기울이며 말했다.

"만약 가능할 거 같으면…… 투수, 부탁해도 될까요?"

다몬이 조심스럽게 물었다.

"하나, 부탁해도 되려나……"

에이짱은 코끝에 손가락을 갖다 대면서 우물거리는

소리로 말했다.

네, 하고 다몬이 심각한 얼굴로 고개를 끄덕였다.

"내가 던질 때만, 그거…… 빌려줄 수 있을까?"

에이짱은 하야토 씨가 쓰고 있는 야구 모자를 가리키며 말했다.

이거? 그럼요, 괜찮아요, 하고 하야토 씨는 곧바로 모자를 벗어 건넸다. 에이짱은 고마워, 하고 받아든 모자의 마크를 찬찬히 들여다보더니, "멋지네, 양키스"라고 중얼거리며 모자를 머리로 가져갔다. 하지만 사이즈가 맞지 않는지 들어가지 않았다. 이를 본 하야토 씨가 모자를 가져가서 손톱이 갈라진 검지만 편 채, 나머지 손가락으로 뒤통수 쪽 밴드를 조정한 다음 다시 에이짱 머리에 씌워주었다.

"창피하게 머리 큰 걸 들켜버렸네."

에이짱은 입꼬리가 쓱 올라가는 미소를 지으며 이번에는 푹 눌러쓴 모자를 글러브와 손으로 조정했다. 오프화이트 색상 바탕에 새겨진 익숙한 양키스 마크가 정중앙에 오자 그은 그의 얼굴과 꽤 잘 어울렸다.

"잘 부탁합니다."

그때 희미하게 "아이야—" 하는 소리가 들린 듯했

다. 무슨 일인가 싶어 옆을 확인하니 멍하니 입을 벌린 채 에이짱을 바라보고 있는 샤오 씨의 얼굴과 맞닥뜨렸다. 무슨 일이냐고 물으려는 순간이었다.

"던집시다, 그리고 이겨요!"

샤오 씨는 번뜩 정신이 돌아온 듯, 입가에 힘을 꼭 주며 박력 있게 주먹을 치켜들었다.

에이짱은 말없이 고개를 끄덕이며 공을 받았다.

다몬이 멤버들에게 새로운 수비 위치를 전달했다. 공을 던질 수 없는 하야토 씨는 1루수에, 나와 샤오 씨는 내야로 이동시켰다. 만약 외야까지 날아온 타구를 우리가 처리하지 못하면 바로 역전 홈런이 될 수 있기 때문에 외야에는 경험자를 배치하겠다는 작전이다.

"기본은 우익수에게 맡긴다. 만약 공이 정면으로 날아오면 잡지 않아도 되니까, 몸 앞쪽으로 떨어뜨려. 그걸로 충분해."

다몬은 내 어깨를 두드리며 머리에 얹어놓은 마스크를 내렸다. 앞쪽으로 떨어뜨리기는 상당히 어려울 텐데, 라고 생각하면서 새 포지션인 3루로 향했다.

땅에 박혀 있는 투수 플레이트를 밟고, 에이짱은 몇 번인가 투구 자세를 점검했다. 에이짱은 타격은 좌타이지만 우투였다. 어깨 상태가 완벽하지 않은지, 홈베이스 뒤에서 포구 자세를 취한 다몬이 두 팔을 벌려 신호를 보내자 지금까지의 투구 폼과는 다른, 사이드암 느낌으로 초구를 던졌다.

예상외로 자연스러운 동작으로 던진 공은 다몬이 자리 잡은 장소로 퍽 하고 빨려 들어갔고, "나이스!"라는 외침에 에이짱의 길쭉한 눈이 기쁜 듯이 더 가늘어졌다.

투구 연습을 끝내고 타자가 타석에 들어섰다.

만약 안타가 나오면 2루 주자가 3루로 돌진한다. 당연히 3루 베이스를 지키는 것은 내 담당이다. 내가 그런 상황에 따른 플레이 판단을 할 수 있을까? 처음부터 타구가 나를 노리고 날아온다면? 당연하지만 외야에 비해 타자와 거리가 엄청 가까운데, 하고 긴장으로 몸이 뻣뻣해지는 내 시선 끝에서 에이짱이 초구를 던졌다.

느닷없는 폭투였다.

공은 다몬이 허둥지둥 뛰어가도 잡을 수 없는 궤적으로 빠져나가고 있다. 하지만 바로 뒤에 백네트가 있어서 철망에 부딪혀 떨어졌을 때 다몬이 재빨리 줍고, 2루 주자의 움직임을 확인했다. 나도 당황해서 3루 베이스에 있었고, 주자도 준비가 안 된 듯 3루를 노리는 움직임은 보이지 않았다. 다몬이 "침착해"라는 제스처와 함께 에이짱에게 공을 던졌다.

공을 받은 에이짱은 알았다는 듯 모자챙을 매만지며 후, 하고 숨을 내뱉었다. 타자가 있는 것과 없는 것은 느낌이 많이 다른지 그 후에도 에이짱의 제구는 불안했고, 풀카운트에서 상대가 공을 지켜만 보는 바람에 볼넷을 허용하고 말았다.

원 아웃, 1루, 2루.

상대의 타순은 3번, 지금까지 우리를 마음대로 괴롭혀온, 고시엔 투수 출신인 그가 성대한 환호를 받으며 타석에 들어섰다.

에이짱에게 맞은 3루타 복수를 직접 하려면 지금밖에 없다는 듯, 힘차게 방망이를 휘두른 다음, "얏" 하고 삼진을 잡았을 때보다도 더 크게 포효했다.

그에 반해 에이짱으로 말하자면, 이상할 정도로 침착해 보였다. 안타 하나면 역전이 되는 대위기인데도 마치 이 상황을 즐기는 듯 눈가에 희미한 미소마저 띠고 있다.

에이짱은 제자리에서 폴짝 위로 뛰어 스트레칭을 한 번 했다. 원래 자세로 돌아온 다음에는 가슴을 펴고 팔을 좌우로 벌리고, 어깨를 돌리고, 모자챙을 매만졌다. 이런 일련의 동작은 묘하게 그럴듯해서 투수라는 포지션에 익숙해 보였다.

1루와 2루의 주자를 힐끔 확인한 후, 에이짱은 투구 준비 자세에 들어갔다.

단, 3구였다.

그다음 들려온 고시엔 투수 출신 선수의 포효는 패배에 대한 분노였다. 이전 타자에게서 감을 잡았는지, 아니면 긴장이 풀렸는지 에이짱은 전혀 다른 사람 같은 좋은 템포로 잇달아 공을 꽂아 넣었다. 결코 공이 빠른 것 같지는 않은데, 타자의 타이밍이나 예측을 비껴가는 데 탁월했는지 대단히 간단하게 삼진을 잡고 말았다.

수비진에서 일제히 환호가 터졌고, 저마다 큰 소리로 "투 아웃"을 외쳤다. 나도 소심한 승리의 포즈로 그 무리에 합류했다.

다몬이 내야, 외야 쪽으로 검지를 높이 들어 승리까지 아웃 수 '1'을 표시한 후, 한쪽 다리를 펴면서 포구 자세를 취했다.

타석에는 신장 180센티미터가 넘는 포수 포지션의,

누가 봐도 4번 타자의 풍격이 느껴지는 남자가 등장했다. 사회인 리그 유니폼에서 느껴지는 여유로움이 강타자의 오라를 뿜어내고 있다.

하지만 에이짱은 긴장하는 기색도 없이 초구를 던졌다.

날카로운 타격음과 함께 공이 냅다 1루 방향으로 날아간다.

식은땀이 흘렀지만 파울.

2구는 지켜만 봐서 볼.

3구, 상대의 방망이가 공을 포착했지만 또다시 1루 쪽으로 파울이 됐다.

방망이를 늦게 휘두른 게 아니라 의식적으로 오른쪽을 노리고 있는 듯한 타격법이라는 생각이 들었을 때, 상대 벤치에서 "타이밍, 좋아", "그런 느낌이야, 그런 느낌", "맞추기만 하면 돼. 여자 쪽은 텅 비어 있으니까"와 같은 소리가 연신 들렸다.

처음에는 무슨 뜻인지 이해되지 않았지만 바로 "샤오 씨"라는 답에 닿았다. 녀석들은 2루를 지키는 샤오 씨를 노리고 있었다. 그 증거로 덩치가 큰 4번 타자는 '지킨다'라기보다는 거기에 '서 있다'라고 말하는 편이 어울리는 샤오 씨 쪽으로 시선을 주며 두 번, 세 번 방망이를 휘두르면서 타석에 들어섰다.

두말할 필요도 없이 샤오 씨는 우리 팀 수비의 결정적인 구멍이다. 거기로 타구가 가면 틀림없이 안타가 될 테고, 단번에 역전극으로 이어질지도 모른다. 하지만 그렇게까지 하면서 이기고 싶을까? 생초보의 수비를 노리다니, 사회인 리그씩이나 하면서 쩨쩨하지 않은가?

나도 모르게 다몬에게 타임을 요청하려 했을 때, 크게 어깨를 돌린 에이짱에게 시선이 가고 말았다.

그 옆얼굴에는 지금까지의 어딘가 느긋하던 표정이 사라지고 없었다.

볼 부근의 근육이 경직되어 있는지 옅게 그은 피부에 그림자가 져, 원래 가늘고 긴 눈이 더 가늘어져 있다. 오른쪽 손바닥에 놓인 공을 손가락으로 돌리며 가만히 상대 타자를 노려보고 있다가 고개를 돌려 등 뒤에 서 있는 샤오 씨를 힐끔 확인했다.

물론, 에이짱도 상대의 작전을 간파하고 있다!

자기가 배팅의 표적이 되고 있다는 생각은 꿈에도 하고 있지 않은 듯, 샤오 씨는 에이짱의 시선을 느끼자 왠지 검지와 새끼손가락만 세워, 경험자 느낌이 강한 '투 아웃' 포즈와 함께 "반드시, 이길 거야"라고 야무지고 힘차게 말했다.

모자챙을 매만지고, 가볍게 고개를 끄덕인 뒤, 에이짱은 다몬 쪽으로 고개를 돌렸다. 이를 꽉 깨물고 있음을 알 수 있는 음영이 볼에 또렷했다. 어쩌면 비겁하다고 할 수 있는 상대의 공격 방식에 무척 화가 났는지도 모른다. 그의 기분이 내게 스며들 듯 전해졌을 때, 에이짱이 공을 쥐고 있는 오른손을 내밀었다.

"직구, 정중앙."

분명히, 그렇게 말한 것처럼 들렸다.

마스크 너머 다몬의 표정을 확인할 수는 없었지만, 타자가 놀란 얼굴을 했을 때는 이미 에이짱이 팔을 머리 위로 높이 치켜올리고 있었다.

그리고, 다리를 크게 들어 올렸다.

지금까지의 사이드암이 아니라 오버핸드 스로로 바꾼 투구법인데, 마치 회오리바람이 부는 듯한 기세로 몸을 회전시키자, 들어 올렸던 그의 다리가 땅을 차는 소리가 선명하게 들렸다.

뭔가가 금속에 부딪힌 듯한 소리가 울렸을 때는, 모든 게 끝나 있었다.

그것은 방망이가 공을 치는 소리가 아니었다. 4번 타

자의 방망이가 허공을 가르고, 공이 다몬의 포수 미트를 맞고, 백네트에 부딪히는 소리였다.

공을 피하려고 심판까지 몸을 웅크렸다. 모든 사람이 너무 놀라 시간이 정지한 듯한 고요가 아침의 그라운드를 휘감았다.

세 번째 스트라이크를 포수가 받지 못했기 때문에 '낫 아웃' 상태다. 하지만 타자는 1루를 향해 달리지도 않고 방망이를 쥔 채로 망부석처럼 멍하니 서 있었다.

철망을 맞고 튕겨 나온 공을 주운 다음 다몬은 처음에는 덤벼들 듯한 기세로 타자를 향했지만 상대가 달릴 의사가 없다는 걸 알고는 천천히 다가가듯 해 4번 타자의 팔에 터치를 했다.

심판의 시합 종료 선언이 울려 퍼지자 내야와 외야에서 일제히 환호성이 터져 나왔다.

★　★　★

오랜만에 그녀, 전 여자 친구에게 라인 메시지가 왔다. 지금 고치의 본가로 가고 있다는 내용과 함께 멋진 시만토강 사진을 첨부했다. '오봉에는 뭐해?'라고 묻길래 '야구하고 있다'라고 했더니 '어디서 해?'라고 물었다. '고쇼에 있는 메이지 천황이 태어난 곳 바로 옆에 있는 그라운드.'

간결하게 설명하니, '더운데 야구를 해?'라는 답이 왔다. 시합이 오전 6시에 시작이라 그렇게 덥지는 않지만, 그렇게 말하면 당연히, '왜 그렇게 아침 일찍부터 야구를 하느냐'라는 식으로 질문이 더 깊어질 것이다. 일일이 설명하고 싶지는 않았다.

'너한테는, 불이 없어.'

그녀가 이별을 통보한 이유는 쐐기가 되어 아직도 내 가슴에 박혀 있다.

그녀는 고치에서 교토로 관광을 왔을 때 딱 한 번 만난 적이 있는 그녀 어머니의 근황을 일방적으로 전했다. 남녀 관계라는 것은 갑자기 단절되는 게 아니다. 다시 무無로 돌아가려 완만하게 차츰차츰 사그라드는 것이리라. 지금의 라인은 그를 위한 의식이다. 그 증거로 그녀는 이별에 관한 이야기를 다시 꺼낼 만한 틈을 보이지 않았고, 나도 어떻게 따져 물어야 할지 몰랐다. 그 말은 그녀가 계속 고민하고 망설이다가 겨우 찾아낸 말의 형태 같기도 하다. 이제 그녀에게는 과거에 존재했을 나에 대한 마음이 사라지고 없다는 사실을, 나는 받아들이고 있다. 그렇다면 그녀에게 물어야 할 것은 아무것도 없다는 생각도 든다.

'야구 열심히 해.'

메시지와 함께 동글동글한 캐릭터가 방망이로 공을 치고 있는 스탬프가 전송되면서 대화는 끝났다.

교토에 와서 알게 된 것이 있다.

여름의 살인적인 무더위와 겨울의 무자비한 추위를 번갈아 경험하면서 교토의 젊은이들은, 대장장이가 쇠를 새빨개질 때까지 달구고 그걸 다시 찬물에 담금질하듯, 좋든 싫든 기묘한 절삭력을 가진 인간도로 단련되어간다.

오봉 연휴 기간에 젊은이들이 아침 6시부터 야구를 한다. 게다가 하루걸러 총 다섯 경기. 이건 별나고 엉뚱한 게 아니라 그냥 '미친' 짓이다. 그래도 젊은이들은 이런저런 일에도 아홉 명이 모여 우직하게 시합을 해나갔다. 우리가 시합을 하는 같은 시간, 다른 네 팀도 다른 장소에서 대전을 펼쳤다고 하는데 인원수가 모자라 실격 처리된 경우는 아직 보고된 바 없다고 한다.

아마 교토가 아니었다면 다마히데 배가 수십 년 동안 계속되기는 불가능했을 것이다. 덕분에 세 번의 시합을 하는 동안 방망이는 한 번도 청량한 소리를 울리지 못했고, 게다가 1차전에서 한 번 아웃을 시킨 것 외에 수비로서 아무 역할도 하지 못했으면서도 나는 온통 피로감에 절었다.

구름 한 점 없는 하늘에서 쏟아지는, 이상하리만치 강렬한 햇살에 팔이 타들어가는 것을 실감하면서도 이렇게 서쪽을 향해 이마데가와 거리를 달리는 이유는 단 하나. 열녀 샤오가 나를 기다리고 있기 때문이다.

너무 더워서 그런가, 나도 모르게 멍해져서 그녀에게 이별을 통보받은 가모 대교의 '현장' 바로 위를 그날 이후 처음으로 통과했는데도 다 지나간 다음에 깨달았을 정도였다. 매미조차 기절 상태인지 가와라마치 거리에 늘어선 가로수에서도 매미 우는 소리가 들리지 않는다. 약속 시간에 조금 늦게 지난번과 마찬가지로 노포 파스타 가게 '세컨드 하우스'에 들어갔다. 안쪽 자리에 이미 샤오 씨가 앉아 있었다.

"늦었어요."

이렇게 말하려 했는데 목이 말라서 말이 잘 나오지

않았다. 냉방이 잘된 가게 안 공기에 온몸의 감각이 소생하는 듯했고 직원이 가져다준 유리잔의 물을 단번에 들이켰다. 티셔츠 안쪽에서 배어 나오는 땀을 닦는 동안, 샤오 씨는 한마디도 하지 않고 손에 든 태블릿 화면만 쳐다보고 있었다. 한창 검색 중인지, 테이블에 펼쳐놓은 노트에는 사선으로 기운 중국어가 빼곡히 적혀 있었다.

"메뉴, 정했어요? 뭐든 주문하세요."

지난번에는 샤오 씨가 케이크까지 주문해서 약간 적자가 발생했으나 이번에는 다몬에게 2,000엔을 받아서 대비가 충분하다. 무엇보다 결정타를 날린 것이다. 물론 구원 투수를 맡아준 에이짱도 훌륭하지만 미후쿠 팀은 전원이 어제 시합의 MVP로 샤오 씨를 추대할 것이다.

하루가 지났어도 아직 승리의 여운이 생생하다. 설마 내가 이렇게까지 야구에 진심이 되리라고는 상상도 못했다고 생각하면서 "맛있게 드세요"라고 말하며 메뉴판을 내밀었다. 하지만 그녀는 태블릿에서 시선을 떼려 하지 않았다. 시합 때는 묶고 있던 앞머리가 오늘은 모두 눈을 덮을 정도로 내려와서인지 표정도

왠지 어둡게 느껴졌다.

"괜찮아요?"

"커브는 가장 오래전에 발명된 변화구입니다. 어렸을 때 조개껍데기를 돌리며 던지고 놀던 야구 선수가 거기서 착안해 커브라는 변화구를 만들어냈어요."

혹시 열사병은 아닐까 싶어 얼굴을 슬쩍 들여다보며 물어본 말에, 그녀는 갑자기 고개를 들며 지식을 선보이기 시작했다.

"열사병 아니에요."

샤오 씨는 아, 하고 당황하는 내 손에서 메뉴판을 가져가더니 선수를 치며 말했다.

그녀는 지난번과 같은 '바지락 버섯'을, 나는 아이스커피를 주문했다.

"지난번에 말했잖아요. 지금 야구 공부하고 있어요."

잔에 담긴 물을 한 모금 머금고 앞머리에 손가락을 넣더니, 《게게게의 기타로》*처럼 한쪽만 머리카락을 넘겼다.

---

* 일본 만화가이자 요괴 전문가 미즈키 시게루의 대표작이다. 기타로는 무덤에서 태어난 유령족 소년이다.

"여름 방학이 시작된 뒤로는 야구의 역사를 알아보고 있어요."

"아, 그래서 커브를……."

"미국에서 프로 야구 팀이 처음 생긴 건 1869년입니다. 메이지유신 이듬해였죠. 제일 처음 결성된 팀의 이름은 신시내티 레드스타킹스. 일본에서 처음으로 프로 야구 팀이 탄생한 건 1934년. 첫 번째 팀의 이름은 대일본도쿄야구클럽大日本東京野球俱樂部이었습니다."

이미 갖가지 정보가 머릿속에 들어 있는 듯, 노트나 태블릿을 보지 않고 막힘없이 긴 팀 이름을 단번에 읊었다. 그 기세를 몰아 일본 프로 야구의 역사 해설을 시작하나 했는데, 오히려 그녀는 입을 꾹 다물었다.

"뭐가……, 잘못됐나요?"

역시 열사병이 아닐까? 낯빛도 평소보다 나쁜 것 같다.

"구치키 군에게 질문이 있습니다."

샤오 씨는 손에 들고 있던 태블릿으로 시선을 돌리고, 손가락 끝으로 화면을 터치하며 잠깐 동안 만지작거리더니 과하게 격식을 차린 말투와 함께 고개를 들었다.

나도 모르게 정자세를 하고 "네" 하며 고개를 끄덕이

는데 샤오 씨가 내 앞으로 스윽 태블릿을 내밀었다.

"이 사람, 입니다."

테이블 위에 놓인 태블릿은 흑백 사진으로 가득했다. 무척이나 오래전의 것으로 보이는 디자인의, 흰 유니폼을 입은 남성의 사진이었다. 캐치볼을 하고 있는 듯하다. 몸을 앞으로 숙인 채 막 공을 던지려 하고 있다.

"누구예요, 이 사람?"

"일본 최초 프로 야구 팀 창단 멤버 중 한 명이에요."

흐음, 하고 바람 빠지는 소리를 내는 내 앞에서 샤오 씨는 검지로 태블릿을 터치하며 차례차례 사진을 넘겼다. 모두 같은 인물의 사진인 것 같다. 여명기의 프로 야구 멤버라면, 조금 전 그녀의 설명으로는 대략 90년 전일 테고, 화질은 모두 조악하고 흐릿하다.

"사와무라 에이지 상賞이라는 거 알아요?"

"들어본 적 있어요. 투수한테 주는 상인 거 같은데?"

역시 알고 있군요, 라며 샤오 씨는 조금 놀란 듯 눈을 크게 떴다.

"그거 유명한 상인가요?"

"아버지가 야구를 좋아해서 초등학생 때는 TV로 야구를 자주 봐서 들은 기억이 있어요. 올해의 MVP하고 동시에 발표했던 거 같아요."

"사와무라 에이지 상은 그해 프로 야구에서 최고의 활약을 한 완투형 선발...... 이라고 하나요? 그 투수에게 수여하는 상인데, 이게 사와무라 에이지입니다."

"이 사람이요?"

예, 하고 고개를 끄덕이며 그녀는 내게 내밀었던 태블릿을 다시 가져갔다.

"구치키 군은 어떻게 생각해요?"

"네?"

"이게 나의 질문이에요. 지금 이 사진을 보고 어떤 생각이 들었나요?"

어떤 생각이 들었냐니. 당시의 유니폼 디자인도, 투구 폼도 촌스럽다고나 할까, 고색창연한 모습이고 오늘날의 야구와는 다른 경기를 하고 있는 것처럼 보이기까지 하는데. 어쩌면 흑백 사진 특유의, 모든 것을 예스럽게 만들어버리는 필터 효과 탓인지도 모르지만.

"그러고 보니, 사와무라 에이지는 강속구 투수의 이미지가 있죠. 최고의 선수에게 주는 상에 그 이름을 사용할 정도니까요. 하지만 아까 사진 속 사람이 빠른 공을 던졌을 것처럼 보이지는 않을 수도 있겠네요. 뭐,

옛날 얘기니까요. 지금의 야구와는 수준이 전혀 달랐을 거고……."

추가로 따라준 유리잔의 물을 마지막까지 다 마시고 생각나는 대로 주절주절하는 이야기를 잠자코 듣고 있던 샤오 씨가, "이건 어때요?"라며 태블릿을 다시 테이블 쪽으로 내밀었다.

화면에는 한 남자의 사진이 있었다. 다만, 이번에는 컬러 사진 같길래 어디 보자며 유리잔을 옆으로 밀어내고 상체를 숙여 자세히 보려 했는데, 샤오 씨가 태블릿을 내 앞으로 쑥 밀어주었다.

정면으로 마주 보는 것처럼, 화면을 가득 채우고 있는 얼굴을 응시했다.

"어떻게 생각해요?"

샤오 씨가 낮은 목소리로 물었다.

남자의 얼굴이 낯익었다. 그런데 바로 대답하지 못한 것은 그 특유의 조악한 화질에서 흑백 사진을 인위적으로 컬러 채색한 사진이라는 사실뿐만 아니라 지금까지 몇 장이나 본 사진 속 남자와 동일인이라는 걸 눈치챘기 때문이다.

"이게 누구죠?"

태블릿 저편에서 무서울 정도로 날카로운 외눈의 시선이, 어떤 표정의 변화도 놓치지 않겠다는 듯이 나를 붙잡고 있었다.

"이건, 에이짱…… 이군요. 그쵸?"

혼란스러우면서도 그렇게 대답할 수밖에 없었다. 거기에는 아무리 봐도, 어제도 고쇼G에서 함께 야구를 한 얼굴이 있었다.

아니에요, 하고 샤오 씨는 고개를 저었다.

"이건, 사와무라 에이지예요."

"아니, 어디로 보나 에이짱이잖아요."

"만약 구치키 군이 이 인물을 만났다면, 그건 사와무라 에이지를 만났다는 얘기입니다."

"뭐, 뭐라는 거예요? 사와무라 에이지라면 옛날에……."

"그래요."

말문이 막힌 나의 눈을 바라보며, 그녀는 조용히 태블릿을 테이블 위에 올려놓았다.

"사와무라 에이지는 죽었어요. 1944년, 필리핀으로 가는 도중 미군의 공격을 받고 전사했습니다."

★　　★　　★

　모락모락 김이 피어오르는 '바지락 버섯'을 먹으며, 샤오 씨는 더듬더듬 이야기를 이어나갔다.

　계기는 어제 시합에서 있었던 투수 교체. 에이짱이 하야토 씨에게 빌린 양키스 야구 모자를 썼을 때였다.

　아주 최근, 이 하얀 야구 모자 아래로 엿보이는 옆얼굴을 몇 번이나 본 것 같았다. 왠지 흑백 사진이 뇌리에 어른거렸다. 일본의 프로 야구 역사를 조사할 때, 끈질기게 등장하던 '사와무라 에이지'라는 이름. 조악한 화질, 수많은 낡은 자료 사진들……. 세미나 교수가 인정하는 우수한 두뇌 안에서, 약 90년 전의 사진과 눈앞에 있는 얼굴을 대조 확인하기 시작했다.

　분명, 나는 결과가 나온 순간을 목격했다. '아이야―'라는 희미한 음성. 입을 반쯤 벌리고 에이짱의 옆얼굴에서 눈을 떼지 못하던, 평소와는 다르던 그녀의 모습을 기억하고 있다.

　하지만 그녀는 '눈앞에 사와무라 에이지와 동일한 얼굴의 인물이 있다'는 산출된 결론에서 더 깊이 들어가지 않았다. 당연했다. 지금은 시합에 집중해야 한다는 생각에 그 결론은 바로 머리에서 털어냈고, 엄중한 위기 상황에 임하는 투수를 진심으로 응원했고, 멋지게 승리를 거머쥐었을 때는 뛰어오를 듯이 기뻐했다.

그러나 하숙집으로 돌아오자, 한 번 퇴장당한 결론이 스멀스멀 존재감을 키워가며 되살아났다. 검토할 것까지도 없이, 전혀 다른 인물인데 꼭 닮았을 뿐이라 결론짓고, 그저 우연이라 여기고 끝냈어야 했다. 하지만 태블릿을 들고 다시 사와무라 에이지의 사진을 찾아내면 찾아낼수록 '닮았다'를 넘어선 동일성을 느끼고 말았다.

결정타는 낡은 흑백 사진을 현대 기술로 새롭게 컬러로 채색한 이미지였다.

야구 모자를 쓰고 있지 않은, 유니폼도 입고 있지 않은, 평소의 모습을 찍은 사진 한 장을 발견했을 때, 자신도 모르게 숨이 멎었다. 깔끔하게 면도된 옆머리 덕에 훤하게 드러난 돌출 귀, 가늘고 긴 쌍꺼풀 없는 눈을 따라 난 굵은 눈썹, 늘 수줍어하는 듯한 착한 표정……, 하얀 셔츠와 조합해 재현한 컬러 사진 속 모습은, 고쇼G에 홀연히 나타나 재미있게 야구에 열중하던 에이짱, 바로 그였다. 그렇다, 샤오 씨가 갑자기 내 코앞에

들이민 태블릿 속 사진 한 장이다.

"구치키 군은 사와무라 에이지를 알고 있었나요?"

야구계 위인이라는 정도만 안다고 솔직히 대답했다.

"사와무라 에이지는 1917년에 태어났어요. 소학교 학생일 때 야구를 시작했고, 고시엔 활약으로 주목을 받아, 고작 열일곱 살 때 일본 최초의 프로 야구 팀인 대일본도쿄야구클럽의 창립 멤버 열아홉 명 중 한 명으로 발탁됐습니다. 이후 사와무라 에이지는 도쿄 거인군이라고 개명한 팀에서 에이스로 활약했어요. 열아홉 살 때, 일본 프로 야구 사상 최초로 노히트 노런을 기록했고요. 스무 살 때는 일본 프로 야구 최초의 MVP로 뽑혔어요. 하지만 스물한 살이 되기 직전에 처음으로 군에 소집됩니다. 그 후로 2년여의 군대 생활을 거쳐 스물세 살 때 프로 야구에 복귀하죠. 그 시즌에서는 세 번째 노히트 노런을 달성했고요. 스물네 살이 되던 해에 두 번째 소집. 스물다섯 살 때 귀국해서 반년 후에 참가한 시합이 그에게 마지막 등판이 됐습니다. 세 번째 소집으로 필리핀으로 향하는 수송선에 탄 게 1944년 12월 2일, 어뢰에 맞아 배가 침몰. 스물일곱 살이었습니다."

나는 아이스커피의 빨대 끝을 잘근잘근 씹으며 말없이 그녀의 이야기를 들었다. 사와무라 에이지가 전쟁에서 죽었다는 말은 어딘가에서 들은 기억이 있다. 하지만 그의 생애에 이 정도까지 야구와 전쟁이 번갈아 찾아왔고, 시대의 어둠이 짙게 반영되어 있을 줄은 생각지도 못했다.

"뉴욕 양키스."

'바지락 버섯'을 다 먹은 샤오 씨가 불쑥 중얼거렸다.

"사와무라 에이지는 열일곱 살 때 일본 대표로 선발돼 방일한 메이저 리그 선발팀과 시합을 했어요. 당시 뉴욕 양키스 소속이던 베이브 루스*와 대전을 치렀는데 시합은 1 대 0으로 졌지만 그는 완투했고, 메이저 리거를 상대로 삼진을 아홉 개나 잡았습니다. 베이브 루스까지 말이에요. 그 투구를 본 미국 팀 감독에게 메이저 리그 입단 제안까지 받았다고 해요."

대단하네, 나도 모르게 솔직한 감상이 새어 나왔다. "네, 대단해요" 하고 샤오 씨도 조심스럽게 오늘 처음

---

* 메이저 리그 베이스볼의 전설적인 홈런왕으로 뉴욕 양키스의 외야수로 큰 명성을 얻었다.

으로 웃는 얼굴을 보였다.

불현듯 어제 시합에서 하야토 씨에게 양키스 모자를 건네받고, "멋지네, 양키스"라며 눈을 가늘게 뜨던 에이짱의 옆얼굴이 떠올랐다.

"사와무라 에이지의 활약은 미국 본토에도 보도됐고 '스쿨 보이'라는 별명이 붙었어요."

"⋯⋯, 일본에서는 별명이 뭐였나요?"

샤오 씨는 테이블 위의 노트를 뒤적여 바로 답을 찾아 냈다.

"팀에서는 '사와상'이었던 거 같아요."

"키는 얼마인지 알아요?"

"징병 검사 기록에는 5자 7치 4푼이라고 돼 있어요. 그러니까⋯⋯, 174센티미터 정도겠네요."

나보다 조금 크고 다몬보다 조금 작은 정도였구나, 하며 에이짱의 키를 다시 떠올려본다. 정말 딱 들어맞는 숫자라고 할 만했다.

"조금 더―, 질문해도 될까요?"

그럼요, 노트를 넘기며 샤오 씨가 고개를 끄덕였다.

"사와무라 에이지가 에이스던 도쿄 거인군이라는 게, 요미우리 자이언츠⋯⋯, 그러니까 지금의 거인이죠?"

"네. 그의 활약을 기려서 사와무라 에이지의 등번호 14번은 거인의 영구 결번이에요. 일본 프로 야구 최초의 영구 결번이 됐습니다."

"그와 교토가 관계가 있나요? 예를 들어 교토에 뭔가 인연이 있다거나……."

질문의 의도를 파악하지 못했는지, 샤오 씨는 얼굴을 들고 고개를 살짝 갸웃했다.

"거인의 본거지는 도쿄예요. 샤오 씨는 모를 수도 있지만 이쪽에서는 거인을 좋아하지 않습니다. 옛날만큼은 아니어도 지금도 안티가 많아요. 그래서, 만약에 말이죠. 뭐, 있을 수 없는 일이지만, 만약 거인의 에이스였던 사와무라 에이지가 다시 한번 야구를 할 기회가 있다면, 그건 교토가 아니라 도쿄가 아닐까, 하는 생각이 들어서요. 미안합니다. 이상한 질문을 해서."

내가 얼버무리듯 크게 웃음소리를 내는 중간에, 있습니다, 하고 샤오 씨가 칼같이 대답했다.

"네?"

"사와무라 에이지의 출신지는 미에현의 우지야마다예요. 소학교 학생 때 투수로서 자질을 인정받아 소학교를 졸업한 후, 교토에 있는 학교로 전학을 왔어요.

그리고 재학 중에 고시엔에는 세 번 출전했고요. 마지막으로 소집됐을 때는 교토의 후시미 연대에 입대했어요. 어떤가요? 교토와 인연이 있다고 할 수 있겠죠?"

교토 소재 학교에서 고시엔에 세 번 출전. 게다가 열일곱 살에 일본 대표로 선발되어 베이브 루스를 삼진 아웃시켰다면, 당시 교토에서는 영웅 대접을 받았을 것이다. 지금까지 전혀 존재하지 않던 '사와무라 에이지와 교토'라는 이미지가 느닷없이 뇌리에 퍼져 당혹감이 들었다.

"결국……, 샤오 씨는 어느 쪽인가요?"

넘어온 공을 억지로 떠넘기듯 상대에게 되물었다.

"어느 쪽이란 건, 무슨 뜻이죠? 표현이 애매해서 발언의 의도를 잘 모르겠습니다."

세미나에서 몇 번이나 봤던 모습이다. 발언자의 부정확한 표현에 가차 없이 부족함을 지적하던 모습 그대로, 그녀는 날카로운 시선을 보냈다.

"으음, 그러니까…… 둘은 그저 아주 많이 닮은 건가요, 아니면 닮은 게 아니라, 혹시 정말로……."

끝까지 말하지 못하고, "아니, 아무것도 아녜요" 하며 없던 일로 하려는 나를 샤오 씨는 말없이 바라보더니 갑자기 자리에서 일어섰다.

"디저트, 먹어도 될까요?"

물론이죠, 하고 기세에 눌려 고개를 끄덕이자 샤오 씨는 잰걸음으로 입구 근처의 진열장으로 향했다.

휴우, 하고 꽉 막혀 있던 숨을 토해내고 이제 바닥을 드러낸 아이스커피의 빨대를 물었다. 땀은 진작에 다 말랐다. 그뿐인가, 냉방이 너무 센지 으스스하기까지 하다. 팔을 문지르며 생각했다. 대체 먼저 말을 꺼낸 건 샤오 씨인데, 정신만 쏙 빼놓고 정작 중요한 부분은 왜 아무 말도 하지 않으려고 할까? 상대의 진의를 파악하지 못한 채 테이블 위에 덩그러니 남겨진 태블릿으로 시선을 떨어뜨렸다.

야구 모자를 쓰고 유니폼을 입은 늠름한 사와무라 에이지가 방치된 것처럼 화면 속에 있었다. 지금과는 소재가 다른지 주름이 잔뜩 잡힌 유니폼을 입고 방망이를 휘두르는 포즈를 취하고 있는 흑백 사진 속 인물은……, 틀림없는 에이짱이었다.

하지만 아무리 생각해도 있을 수 없는 일이다.

시대를 뛰어넘어 쏙 빼닮은 사람을 만났다. 그 이상도 이하도 아닐 텐데, 샤오 씨 앞에서는 하지 못했던 말들이 마음속에서 제멋대로 쏟아지기 시작한다.

 어쩌면 정말로……, 에이짱은 사와무라 에이지가 맞고 우리는 사와무라 에이지와 야구를 한 걸까?

 만약 그렇다면 그는 세 번이나 고시엔에 출전하고, 고작 열일곱의 나이에 베이브 루스에게 도전해서 삼진을 잡은 남자다. 고시엔 투수 출신이라고 자만하는 상대 따위, 분명 시건방지게 보였을 터. 득점에 눈이 멀어 일부러 샤오 씨의 수비를 노리는 패거리 따위, 야구인이라 할 수 없다고 느꼈을 것이다…….

 어제의 시합에서 에이짱이 던진 마지막 공을 기억하고 있는지?

 상대 팀 4번 타자의 방망이는 허공을 갈랐고, 다몬은 공을 잡지 못했고, 나는 아예 공 자체를 보지 못했다.

 그때, 우리는 사와무라 에이지의 온 진심이 담긴 투구를 본 걸까?

   ★　　★　　★

 열사병에 걸린 건 샤오 씨가 아니라 나였을지도 모른다.

"괜찮아요?"

눈을 뜬 채 꿈을 꾸는 듯한 기분에 빠져 있을 때, 자리로 돌아온 샤오 씨의 말소리에 소스라치며 몸을 부르르 떨고 말았다.

"괘, 괜찮아요."

얼른 아무 일도 없었다는 듯, 뭘 주문했냐고 물었다.

"당근 케이크요."

얼굴 표정은 여전히 굳어 있는데 식욕은 건재한 모양이다.

"음, 에이짱 말인데요."

네, 하고 샤오 씨가 고개를 끄덕였다.

"집에 갈 때 다몬이 집요하게 부탁했으니까 분명히 내일 시합에도 세 명이 용병으로 와줄 거예요. 그러니까 내일, 야마시타 군한테 슬쩍 물어보는 건 어떨까요? 에이짱하고 같은 공장에서 일하는 거 같으니 어쩌면 에이짱의 SNS 계정을 가르쳐줄지도 몰라요. 이름이 '에이쿠라'라서 에이짱인지도 모르죠. 맞다, 엔도 군의 연락처를 물어봤더라면 좋았을걸. 법학부 같고, 앞으로 학교에서 만날 일도 있을 테고……."

어쩐 일인지, 샤오 씨가 자리로 돌아오기 전에 머릿

속에 떠올랐던 내용과는 정반대의 벡터를 향하는 말들만 두서없이 튀어나왔다. 엔도 군은 분명 스물한 살이라고 했는데 나랑 같은 4학년일까? 취업은 결정됐을까? 아니면 법학부이니까 변호사 같은 걸 목표로 하나? 성실하고 올곧고 순수한 청년처럼 보이고, 여름방학에 이른 아침부터 공장 아르바이트를 뛸 정도로 정신력도 있고, 당연히 좋은 곳에 취업이 정해졌거나 앞으로 착실하게 준비해나갈 것 같다, 라고 혼자 멋대로 씁쓸한 기분에 젖어 있을 때였다.

"법학부에, 엔도 군은 없어요."

낮은 목소리가 미끄러져 들어왔다.

"에?"

"애초에 우리 대학에 엔도 군은 존재하지 않아요."

무슨 말을 하는 건가, 하고 당황해하는 나의 시선을 차단하듯 샤오 씨는 눈을 감았다.

컨디션이 나쁘기라도 하냐고 물으려다가 말을 삼켰다. 왜일까, 불현듯 예감이 들었다. 이 가게에 들어온 이후 샤오 씨의 행동, 나를 어떤 방향으로 유도하고 있는 것 같지만 막상 내가 한 걸음 다가가려 하면 바로 도망치듯 사라져버린다. 이 이해할 수 없는 행동이 끝날 것 같은 기분이 들었다.

가게 안에 흐르는 재즈가 다음 곡으로 넘어가도 샤오 씨는 여전히 눈을 감고 있었다. 결국, 오래 기다리셨습니다, 하며 가게 점원이 당근 케이크와 따뜻한 커피를 가져올 때까지 침묵의 시간이 계속됐다.

당근 케이크를, 물론 눈을 뜨고, 그녀는 천천히 음미했다. 따뜻한 커피에 우유를 넣고, 신중하게 잔 가장자리에 입술을 가져갔다. 이틀 전처럼 아이스커피가 아니라 따뜻한 커피를 주문한 것은 샤오 씨도 내가 느끼는 으스스한 한기를 함께 느꼈기 때문인지도 몰랐다.

"구치키 군."

커피잔을 내려놓고, 뭔가를 결심한 듯이 내 이름을 불렀다.

"엔도 군의 이름, 기억해요?"

어제 시합 전 캐치볼 시간에 샤오 씨가 속사포처럼 던진 질문 중에 포함되어 있었던 것 같은데 기억이 나지 않는다.

"'미요지'예요."

"맞다. 거의 못 들어본 이름이라 희한하다고 생각했어요."

"나는 못 알아들었어요. '성姓'으로 착각하고 이상한 성이다 싶어 나중에 엔도 군한테 확인했죠. 엔도 군이 땅에 쓰면서 알려줬어요."

샤오 씨는 노트를 집어 들고 펼쳐진 페이지를 내 앞에 내밀었다. 간체자로 빼곡하게 적힌 중국어 한구석에 '엔도 미요지遠藤三四二'라는 이름에 동그라미가 그려져 있었다.

"아하, 그래서 '미요지'구나……. 꽤 고풍스러운 이름이네요. 아니, 유행은 돌고 도니 요즘 시대에는 세련된 건가."

나의 시답잖은 감상에는 반응하지 않고, 샤오 씨는 어떻게 된 건가 걱정이 될 정도로 노트 속 이름을 뚫어지게 쳐다보고 있었다.

"그치만 우리 대학에 존재하지 않는다는 건, 무슨 뜻인가요? 우리한테 거짓말을 했다는 건가요? 아침 6시부터? 왜?"

샤오 씨는 내 질문에 그제야 고개를 들었다.

"엔도 군은 우리 대학에 다니고 있지 않아요. '다녔었다'가 정확한 표현입니다."

"다녔었다? 그건 학교를 그만뒀다는 뜻인가요? 아니

면 졸업생? 아니, 스물한 살이면 졸업은 못 하는데."

"대학을 그만두지도 않았고 졸업도 하지 않았어요."

입학 후 퇴학도 당하지 않았고, 졸업도 하지 않았고, 그렇다고 다니고 있는 것도 아니다? 대학에 이런 수수께끼 같은 상태를 허용하는 시스템이 있었나? 그런데 어제 처음 만난 사람을 샤오 씨는 어째서 이렇게까지 잘 알고 있는 거지?

"엔도 군하고 전부터 아는 사이였어요?"

아니요, 하고 고개를 저으며 샤오 씨는 노트 아래 깔려 있던 태블릿을 뺐다. 잠시 손가락으로 조작하더니 "이거, 보세요"라며 내 앞으로 내밀었다.

"엔도 군이 법학부에 재학했던 기록이에요."

명부인가. 하얀 배경 화면에 가는 글씨로 이름이 줄지어 적혀 있다.

"여기예요."

샤오 씨 손가락 끝에는 분명히 '엔도 미요지'라는 이름이 세로로 적혀 있었다. 선으로 구분된 아랫단에는 소속 학부로 보이는 '법·정치학'이라 쓰여 있다. '법학부가 이렇게 나뉘어 있었나?' 싶었지만 더 아래에 이르러 '재학 중'이라는 글자에 맞닥뜨렸다.

"뭐야, 재학생이네."

대체 샤오 씨는 무슨 얘기를 하고 있는 건가, 하고 허탕 친 기분으로 고개를 들려 하는데, 묘하게 긴장감을 띤 이 한마디에 동작이 멈췄다.

"한 줄 더, 아래요."

보이지 않는 손이 머리를 누르고 있는 것처럼, 시선이 다시 화면으로 향했다. '재학 중' 아래에 '1944년 4월 12일'이라는 옛날 날짜가 불쑥 등장했다.

왼쪽도 오른쪽도 '1945년 6월 27일', '1944년 11월 15일'처럼 비슷한 날짜가 나열되어 있다. 대체 무슨 기록이지? 점점 더 혼란스러워지던 중 그 아랫단에 '북지北支'라는 낯선 단어가 눈에 띄었다.

"북지?"

"지금의 화베이 지방이에요. 베이징시도 화베이에 포함됩니다."

어째서 엔도 군과 그런 곳이 관계가 있는 거냐고 물으려던 차에 '북지'의 오른쪽 옆에 '루손섬', 왼쪽 옆에는 '보르네오'라고 쓰인 글씨가 눈에 들어왔다. 루손섬은 필리핀, 보르네오는 인도네시아와 말레이시아 등이 영유권을 나눠 가지고 있는 섬인 것 같은데.

"이건 무슨 명부인가요? 엔도 군하고 무슨 관계가 있는 건지 전혀 모르……."

내가 말을 끝마치기 전에, 샤오 씨가 손가락을 뻗어 태블릿을 터치했다. 화면을 넘기며 목록이 시작되는 페이지까지 스크롤했다.

'1943년(쇼와 18년) 10월 입학'

화면 한가운데에 나타난 한 줄.

1943년 입학? 그 옆에는 명부의 각 항목에 대한 설명이 적혀 있었다. '이름', '학부·학과', '졸업년월'의 순으로 읽어 내려가다가 다음 단에서 내 시선은 정지했다.

'전몰 연월일'

또 그 아랫단에는 '전몰 장소'라고 적혀 있었다.

정신이 들었을 때는 내 손가락이 화면을 마구 넘기고 있었다. 명부에 기재된 날짜는 대부분이 1944년, 1945년…… 말할 필요도 없는, 종전의 해다. 드물게 1946년도 있었다. 장소에는 이오섬, 버마, 트루크 제도, 오키나와, 시베리아, 필리핀, 뉴기니아, 소만蘇滿 국경, 히로시마……, 지명 외에 '불명不明'이라는 기재도 많았다.

다시 '엔도 미요지'로 돌아왔다.

그와 관련된, 한 줄로 완결된 정보를 몇 번이고 되풀

이해 읽었다.

거기에는 1943년에 입학한 법학부생이 불과 반년 후에 북지에서 죽었다, 라는 사실이 기록되어 있었다.

"뭐, 뭔가요……, 이게."

목은 완전히 말라 있는데, 너무 춥다.

"이건 2차 세계 대전 중에 우리 대학에서 군에 소집됐다가 전사한 학생들의 데이터예요."

"설마, 엔도 군이 사실은 죽었다고 말하고 싶은 거예요? 그가 중국에 가서 전사했다고?"

내가 말해놓고 가슴이 철렁했다. 샤오 씨의 입장에서 보면 이 명부에 있는 '엔도 미요지'는 자기 나라를 공격한 인간이었다. 내가 이 화면 속에 나열된 학생들에게 자연스럽게 느끼는 감정을, 그녀가 공유해야 할 이유는 어디에도 없다.

나도 모르게 잠자코 그녀의 표정을 살폈지만 가게에 들어온 이후 변함없는 굳은 표정 그대로, 샤오 씨는 커피잔을 들었지만 입을 대지 않고 잔 안만 가만히 들여다보고 있었다.

나는 그 마음속을 헤아리지 못해 대화의 시작점을 찾지 못하고 있었다.

"엔도 군뿐만이 아녜요. 내 생각에는 세 명 모두 그렇지 않을까 싶어요."

처음으로 샤오 씨는 자신의 결론을 말했다.

나도 모르게 숨을 참고, 갈라진 앞머리 사이로 보이는, 이상하리만치 힘 있게 빛나는 그녀의 눈을 응시했다. 세 명이란 말할 필요도 없이 엔도 군과, 에이짱과, 야마시타 군을 더한 숫자일 것이다.

"그렇지 않을까 싶다는 게…… 무슨 뜻이죠?"

표현이 애매해서 발언의 의도를 잘 모르겠습니다, 라고 샤오 씨가 한 말을 그대로 돌려주려던 순간이었다.

"구치키 군은 어떻게 생각해요?"

저항할 수 없는 조용한 압력과 함께 질문의 칼날이 나를 향했다.

그 칼끝에서 도망치듯 나이테가 물결치는, 오랜 세월이 잠들어 있는 테이블 표면으로 시선을 옮겼다. 엔도 군, 에이짱, 야마시타 군의 얼굴을 차례대로 떠올려본다. 상상은 자유이지만 막상, 맨정신으로 돌아오자 생각할 것은 아무것도 없었다. 왜냐하면 나는 그들과 야구를 했고 그 실감이 전부일 테니까.

"나는……, 아니라고 생각해요."

윤곽을 그리는 나이테 가운데에서 탄 자국 같은 새카만 옹이가 말없이 나를 노려보고 있었다.

"단순히 이름이 같다고 해서 샤오 씨가 생각하는 일이 일어났다고 볼 수는 없어요. 애초에 있을 수 없는 일이에요."

어째서 당연한 말을 할 뿐인데도 이렇게 가슴 언저리가 답답한 걸까 생각하며 하던 말을 계속했다.

"내일, 확인하면 되겠죠. 분명히 이런 걸 진지하게 생각한 우리가 우스워질 거니까……."

"아마, 이제 그 세 명은 오지 않을 거예요."

"네?"

"왜요?"라고 새된 소리로 물으면서 고개를 들었다.

"나한테는 여동생이 있어요. 나와 동생은 열네 살, 나이 차이가 나요. 이건 내가 고등학교 3학년 때의 일입니다. 내 여동생은 토토로를 좋아했어요. 〈이웃집 토토로〉의 그 토토로요. 알죠?"

또다시 얘기의 방향을 크게 전환하는 그녀. 잠자코 고개를 끄덕이는 수밖에 없었다.

"어느 날, 동생이 내 방에 와서 얘기했어요. 침실에 커다란 토토로가 자고 있으니까 와서 보라고요. 나는 처음에 동생이 농담을 하는 줄 알았어요. 하지만 동생은 상상력이 풍부한 편이 아니었고, 평소에 그런 공상 얘기는 전혀 하지 않는 아이였죠. 그래서 이상하다고 생각해 몇 번이나 확인을 했습니다. 동생은 완고하게……, 동생이 당시에 아빠, 엄마와 함께 자던 방에, 진짜 토토로가 있다, 지금도 이불 위에서 자고 있다고 주장했어요. 그럼, 같이 보러 가자며 내가 의자에서 일어섰지요. 빨리 오라며 흥분해서 침실로 향하는 동생의 뒷모습을 보면서 '나는 토토로를 만날 수 없다'는 생각이 들었습니다. 그런 이상한 일은 누군가에게 말하면 사라져버리니까요. 이상한 일은 호접몽처럼 그 사람에게만 찾아옵니다. 거기에 외부인을 초대하면 지금까지 통해 있던 길이 갑자기 막혀버려요. 어릴 적부터, 왠지 나는 그걸 알고 있었어요. 기억은 나지 않지만 비슷한 경험을 했는지도 모르죠. 그래서 가령 동생이 진짜 토토로와 만났다 하더라도 나는 볼 수 없다, 뭔가가 우리를 방해할 거라고 생각했습니다."

  샤오 씨는 잠시 말을 끊고 커피를 한 모금 마신 다음, 고개를 숙이면 바로 내려오는 앞머리를 손가락으로 옆으로 넘겼다.

"토토로는……, 있었나요?"

그녀는 조용히 고개를 가로저었다.

"우리 집은 복도의 코너를 돌면 책상이 있었어요. 아직 어렸던 동생은 그 책상 귀퉁이에 세게 머리를 부딪혀 커다란 혹이 생겼습니다. 피가 조금 났을지도 모르겠네요. 그 책상은 동생이 태어나기 전부터 있었고, 수백 번이나 그 옆으로 지나다녔지만 동생이 그 귀퉁이에 부딪힌 적은 한 번도 없었습니다. 하지만 그날은 침실로 정신없이 달려가느라 주의하지 않았던 거죠. 나는 엄청난 소리와 함께 동생이 넘어지는 걸 보고, '이렇게 길이 막히는 건가' 하는 생각이 들었어요. 동생은 큰 소리로 대성통곡을 했어요. 10분도 넘게 울다가 겨우 그쳤을 때 같이 침실로 갔습니다. 물론, 토토로는 없었고요."

샤오 씨는 태블릿 가장자리로 손을 가져갔다. 뭔가 버튼을 눌렀을 것이다. 화면에 떠 있던 '엔도 미요지'라는 글자가 소리도 없이 사라지고 화면은 온통 검은색이 삼켜버렸다.

"나는 오늘 여기서 구치키 군에게 말을 했어요. 그래서 그들은 이제 우리 앞에는 나타나지 않을 거라고 생각해요. 미안합니다. 하지만 누군가에게 말하지 않고는 견딜 수 없었어요."

　　　　★　　★　　★

 네 번째 아침에야 처음으로 다몬의 모닝콜 없이 일어날 수 있었다. 사실은 조금 더 자고 싶었는데, 아침 5시 넘어서부터 눈이 떠져 있었다.

 긴장한 상태로 향한 고쇼G에는 다몬 혼자 백네트 옆에 서서 콧노래를 부르며 스윙 연습을 하고 있었다.

 "어이."

 방망이를 치켜든 그 표정은 참으로 해맑다.

 그도 당연하다. 미후쿠 팀은 3전 3승으로, 현재 다마히데 배의 선두를 달리고 있으니까. 숙적인 오타 교수 팀을 물리쳤다는 소식을 접한 미후쿠 교수에게 "잘했네, 다몬 군"이라는 승리 치하의 문자가 득달같이 도착했다고 한다.

 졸업을 향한 앞날이 열렸다는 정신적 충만감 때문인지 오늘 다몬은 얼굴빛이 좋다. 술이 들어갔을 때의, 햇빛에 그어 흙빛으로 톤 다운된 피부에 부분부분 붉은 기운이 더해진, 퇴폐적인 대조가 보이지 않는다 생각하며 쳐다보고 있는데 내 시선을 느꼈나 보다.

"술을 쉬었더니, 몸이 잘 움직여져."

자신의 뺨을 가볍게 두드리면서 다몬이 하얀 이를 드러내며 말했다. 체인점을 비롯해 밤에 일하는 직장이 어제부터 오봉 연휴에 들어간 덕에 술을 안 마셔도 되는 모양이다.

"오늘도 에이짱이 던져주면 나도 진지하게 가야지. 술이 들어가면 그 공은 받을 수가 없거든."

그저께 시합에서 에이짱이 던진 마지막 공을 말하는 것이리라. 다몬은 스윙 연습을 하는 도중에도 슬며시 주위 상황을 살폈지만 아직 세 명은 도착하지 않았다.

그때, 샤오 씨가 등장했다.

와줘서 고맙습니다, 큰 도움이 되고 있어요, 라고 정중하게 고개를 숙이는 다몬에게 "좋은 아침이에요" 하고 언제나 그랬듯이 인사를 하는 그녀와 시선이 마주쳤다. 그 순간 서로 말하지 않아도 마음속에 같은 긴장을 품고 있음을 느낄 수 있었다.

오늘의 샤오 씨는 캡과 옆면 부분이 파란 야구 모자를 쓰고 있다.

"무슨 모자예요, 그거?"

내 질문에 샤오 씨는 모자의 정면 부분을 가리켰다. 로고처럼 보이는 마크 밑에 '전국 고교 역전'이라고 적혀 있다.

"같이 아르바이트하는 고등학생이 작년에 대회 자원봉사를 다녀왔대요. 쓸 일이 없다고 가게에 가져왔는데 가게 점장이 나한테 억지로 씌워서, 그냥 내가 갖게 됐어요. 이걸 야구에서 쓰게 되리라고는 생각도 못했네요."

자세히 보니 로고 마크는 '어깨띠'를 이용한 디자인이다. 어깨띠는 곧 역전 마라톤의 상징이다. 어디서 아르바이트를 하냐고 다몬이 묻자, 산조키야마치에 있는 '베로베로 바'라는 주점이라고 알려주었다.

"좋아. 다마히데 배에서 우승하는 날에는, 거기서 축하 파티를 하자고."

다몬의 한없이 해맑은 선언을 듣고 나와 샤오 씨는 다시 시선을 교환했다.

그 세 명은 이제 오지 않을지도 모른다…….

어느새 나는 샤오 씨의 예언을 밀쳐내지 못하고 있었다.

얼마 후, 다몬의 연구실 후배 두 명이 졸린 듯한 얼굴을 이끌고 나타났고, 이어서 하야토 씨도 자전거를 타고 백네트 바로 뒤쪽으로 왔다. 그쪽도 가게가 휴무에 들어갔기 때문이리라. 평소의 양복 차림과는 다른 모습……. 티셔츠에 반바지, 양키스 모자를 쓴 모습이 신선하다. 이틀 전 시합과 마찬가지로 에이짱을 비롯한 3인조를 기다리는 여섯 명이 모였다. 이 인원이 오늘, 다몬이 끌어모을 수 있었던 최대 인원이라고 한다. "1차전에 와주었던 사람들은?" 하고 물으니 "모두 교토 밖으로 나갔어. 오봉이니까"라고 체념한 얼굴로 답했다. 시합이 가능하려면 에이짱을 비롯한 세 명이 반드시 참가해야 한다는 얘기다.

1루 쪽에서는 상대 팀 선수들이 일찌감치 캐치볼을 시작하고 있었다. 백네트에 걸린 스코어보드에는 이미 선공 '향련', 후공 '미후쿠'라고 적혀 있었다.

"향목점연합香木店連合을 줄여서 '향련香連'이야."

한자로 쓰인 상대 팀의 이름을 못 읽어서 우두커니 서 있자, 다몬이 답을 가르쳐주었다.

"향목점?"

"란자도蘭麝堂라는 향 가게 사장이 팀 대표야. 유명한

모양이야. 들어본 적 있어?"

꾀죄죄하고 누추한 생활을 하는 남자 대학생한테 향만큼 쓸데없는 게 또 있을까. 들어본 적도 없다, 라며 고개를 흔드니 하야토 씨가 끼어들면서 란자도의 향이라면 가게 여자 화장실에 피워두는데, 고급스러운 느낌이 나서 평판이 매우 좋다며 의외의 사용법을 알려주었다.

다몬이 손톱은 좀 어떠냐고 묻자, 하야토 씨는 쩍 갈라져버렸으니 오늘도 1루수에 배정해달라면서 테이프로 감은 검지를 내밀며 투수 강판을 신청했다. 이렇게 되면 결국 에이짱이 도착하기를 기다리는 수밖에 없다. 이미 다몬의 발밑에는 보호구 가방 위에 글러브 세 개가 나란히 놓여 있다. 좀스러울 정도로 만반의 준비다. 후공이라 다몬은 보호구를 착용하기 시작했지만 한 동작이 끝날 때마다 앞뒤 양옆을 돌아보며 안절부절못했다. 그래도 그들의 모습은 여전히 보이지 않고, 다몬의 표정에도 서서히 초조한 기색이 나타나기 시작했다.

"에이짱 연락처 안 물어봤어?"

"핸드폰이 없다고 하더라고."

시간은 오전 6시를 지나고 있다. 결국 4차전에서 인원수 부족으로 시합을 못하게 되는 건가. 뭐, 그래도 할 말 없는 결과다. 이렇게 계획성 없이 닥치는 대로 팀을 운영했는데 3연승을 한 것만으로도 대만족해야 한다. 만반의 준비로 도전한 경쟁자 교수 팀도 박살 냈고 보스도 너희의 고군분투를 인정해줄 것이다…….

시합 속행이 불가능한 복싱 선수 발밑에 수건을 던지는 세컨드*의 기분으로 보호구를 착용한 그의 어깨에 손을 얹으려는 순간이었다.

"오—, 에이짱!"

다몬이 갑자기 손을 번쩍 들어 올리는 바람에 내 손은 괜스레 허공만 휘저었다.

응? 다몬의 시선을 좇아 고개를 돌리니, 소나무 아래 나란히 놓인 벤치에 여느 때처럼 유유히 세 대의 자전거가 도착하는 참이었다.

"늦어서, 미안해요."

벤치 옆에 자전거를 세우고 수줍은 미소를 띠면서

---

* 권투에서 권투 선수를 도와주는 보조자를 가리키며 상처 치료 및 경기 조언 등을 담당한다.

빠른 걸음으로 다가오는 에이짱. 그 뒤로는 엔도 군, 야마시타 군이 당연하다는 듯이 따라오고 있다.

나도 모르게 샤오 씨와 눈이 마주쳤다.

"아이야—."

빠끔 열린 입술 사이로 쉰 듯한 목소리가 흘러나왔다.

세 명에게 글러브를 나눠 준 뒤 곧장 10분 동안 캐치볼 연습에 들어갔다. 엔도 군은 에이짱과 짝을 이뤘기 때문에 나는 야마시타 군과 연습을 했다. 아직 거의 대화를 나눈 적이 없는 야마시타 군에게 에이짱 정보를 입수해서 그들에게 씌워진 말도 안 되는 혐의를 벗겨 주겠다는 심산도 있었다.

하지만 캐치볼은 서로 어느 정도 거리를 두고 해서 야마시타 군에게 들릴 정도라면 주변에도 다 들리고 만다. 공공연하게 에이짱의 신원을 조사할 수는 없다. 그래서 볼을 주고받는 동안 야마시타 군의 일상을 조사하기로 했다.

엔도 군이 알려준 대로 야마시타 군은 중학교 후배가 맞았고 아직 열아홉 살이라고 한다. 엔도 군과는 소학교부터 중학교까지 같이 야구를 한 사이라고 했다. 사실 야마시타 군은 엄청난 미남이다. 아마 머리를 기르면 호리호리한 체격에 하얀 피부까지, 아이돌 뺨치는 외모가 될 것 같지만 정작 지금은 고등학교 야구부처럼 짧은 머리다. 혼자 사느냐고 묻자, 공장은 집에서 다니고 있다고 했다. 대학에는 다니지 않는 것 같다.

야마시타 군과 허물없이 공을 주고받는 동안에도 잊지 않고 여유롭게 캐치볼을 하고 있는 에이짱과 엔도 군의 모습을 시선 끝으로 체크했다. 에이짱은 평소처럼 하얀 티셔츠에 옅은 녹색 바지를 입었다. 공장 작업복인지, 야마시타 군과 엔도 군도 같은 차림이었고, 신발도 작업용으로 보이는 검은 신발을 신고 있다. 에이짱은 그제 시합에서는 마지막 공만 오버핸드 스로로 던졌고, 나머지는 사이드암 느낌의 투구 폼이었는데 오늘도 사이드암 느낌으로 던질 모양이다.

이것은 사와무라 에이지의 투구 폼이기도 하다.

샤오 씨가 보여준 스무 살 전후의 사진 속 모습과는 달리 후반의 사와무라 에이지는 사이드암 투수였다. 메이저 리거를 휘청이게 만든 강속구파라는 전성기의 이미지가 강하지만, 그가 프로 야구 선수로서 자신의 스타일을 유지할 수 있었던 것은 고작 2년 정도. 첫 번째 소집으로 생긴 공백기 이후 사이드암으로 전향했다.

어제 샤오 씨와 헤어지고 하숙집에 돌아온 뒤 나는 온종일 사와무라 에이지에 대해 알아보는 데 시간을 보냈다. 과연 에이짱과 유사점을 찾아내려고 하는 건지, 아니면 다른 점을 찾으려고 하는 건지 모르겠지만 아무튼 모든 자료를 뒤졌다.

에이짱과 사와무라 에이지의 공통점은 사이드암이라는 점. 우투좌타라는 점. 꽤나 강한 억양의 간사이 사투리를 쓴다는 점. 공장에서 일한다는 점(사와무라 에이지는 거인군에서 해고된 후, 세 번째 소집으로 후시미 연대에 입대할 때까지 비행기 공장에서 일했다). 키가 거의 일치한다는 점. 무엇보다 닮은꼴을 넘어 얼굴 구조가 완전히 사와무라 에이지 바로 그라는 점.

다른 점은 사와무라 에이지는 지금 살아 있지 않다는 점.

"당신은 사와무라 에이지입니까?"

지금 바로 야마시타 군과 캐치볼을 중단하고 에이짱에게 가서 단도직입적으로 물어보면 될지도 모른다.

물론 내게 그런 배짱은 없었다. 야마시타 군에게 성 말고 이름은 뭔지, 좋아하는 아이돌이 있는지 등 중요하지도 않은 질문을 하다 보니 어깨를 푸는 10분은 눈 깜짝할 사이에 지나가버렸다.

캐치볼 후, 미후쿠 팀은 둥글게 모였다. 하야토 씨의 손톱 부상이 회복되지 않아 다몬이 에이짱에게 오늘도 투수를 해달라고 요청했지만 단칼에 거절당하고 말았다. 에이짱이 말하기를 그저께 구원 등판을 했을 때 원래 아팠던 어깨가 더 안 좋아졌다고 한다. 에이짱은 오른쪽 어깨에 글러브를 대고 미안하다며 고개를 숙였다. 거짓말을 하는 표정은 아닌 것 같았다. 실제로 엔도 군과 캐치볼을 할 때 전혀 스피드가 없는 아리랑 볼*을 던지고 있었기에 '사와무라 에이지'다운 느낌은 전혀 없었다.

어쩔 수 없이 나머지 멤버가 한 이닝씩 차례로 투수를 맡게 됐다. 물론 나랑 샤오 씨는 거기에 포함되지 않는다. 곧장 가위바위보를 했다. 야마시타 군이 모두 져서 선발 투수를 맡았다.

---

* 투수가 던지는 변화구의 구종 중 하나로, 이퍼스볼을 말한다. 볼이 마치 포물선을 그리듯 매우 높이 치솟았다가 급격히 떨어지는 게 특징이다.

미후쿠 팀은 후공이라 바로 투수 등장이다.

"긴장 풀고!"

보기만 해도 긴장된 얼굴로 다몬에게 공을 건네받은 야마시타 군의 등을 가볍게 두드리고 나서 나는 중견수 포지션으로 향했다. 2루 베이스를 지나면서 방금, 아무 생각 없이, 야마시타 군의 몸을 만졌다는 걸 깨달았다. 실컷 공을 주고받은 사이에 새삼스러운 생각이었지만 티셔츠 너머로 느껴진 건 매우 단단하고 매우 확실한 사람의 등 감촉이었다.

＊　　＊　　＊

샤오 씨가 교토에서 사라졌다.

여느 때 같으면 늦은 점심 대접 약속이 잡혔을 텐데, 이른 아침부터 '갑자기 베이징에서 남자 친구가 와서 와카야마의 시라하마로 판다를 보러 갑니다. 내일 시합도 못 나가요. 다몬 군에게는 연락해뒀어요'라는 라인 메시지가 왔다.

가설과 검증.

향목점연합 팀과 4차전을 통해 어떤 결론을 새롭게

도출했을까. 어제는 시합 중에 그녀와 거의 얘기를 나눌 기회가 없었다. 시합 후에도 파란색 역전 야구 모자를 깊게 눌러쓰고 언제나 그랬듯이 재빨리 돌아가버렸다. 그래서 오늘은 많은 얘기를 들을 수 있을 거라 기대했는데, 남자 친구와 오봉 데이트라니. 게다가 중국에서부터 먼 길을 온 상대와 무슨 연유로 중국에서 온 판다와 그 일가친척을 보러 가는 걸까.

오후 3시, 이제는 40도가 넘는 게 아닐까 싶은 광기를 띤 더위에 시달리며 하숙집에서 출발했다. 그길로 문과 계열 학부 인간은 거의 발을 들여놓지 않는, 이과 계열 학부 건물이 늘어선 북부 캠퍼스로 자전거를 달렸다.

자전거를 멈추고 농학부 그라운드, 통칭 '농G'의 게이트를 열고 안으로 들어갔다.

역시 건강을 심각하게 해칠 만한 이 더위에, 운동에 열중하고 있는 젊은이들의 모습은 보이지 않는다. 트랙 안쪽의 인조 잔디를 둘러싼 네트를 따라 서 있는 대형 컬러 전광판이 그늘을 만들어주고 있어서 뛰어들 듯 그곳으로 들어갔다.

오는 길에 자동판매기에서 산 보리차의 페트병 뚜껑

을 열고, 숨이 허락하는 한 목구멍으로 흘려 넣었다. 목에 걸고 있던 수건으로 얼굴의 땀을 닦는다. 이 작열하는 무더위에도 사방에서 솨솨 자포자기한 듯 돌림노래를 하고 있는 매미 소리를 들으며 인기척 없는 그라운드를 바라봤다.

빛으로 가득한 눈앞의 광경을 아무리 주의 깊게 관찰해도, 거기에서 '엔도 미요지'의 모습은 느낄 수가 없었다.

1943년 11월 20일, 이곳에서 '출진학도장행식出陣學徒壯行式'이 거행됐다.

학도 출진으로 말하자면, 메이지진구 외원에서 이루어진 장행식이 유명한데 도쿄보다 한 달 늦게 교토에서도 장행식이 있었다.

현재의 국립 경기장이 있는 곳에서 대대적으로 개최된, 도쿄의 장행식에 참가한 출진 학도는 2만 5,000명. 그에 반해 농G에서 거행된 대학 단독 장행식에 참가한 학생은 1,800명이었다.

샤오 씨가 보여준 자료에 있던 '엔도 미요지' 군도, 분명 출진하는 학생 중 한 명으로서 이 그라운드에서 행진을 했을 것이다.

입학하고 겨우 한 달 만에, 학생에서 군인이 됐다. 그리고 다섯 달 후에는 전사해 이 세상에서 사라져버렸다.

그런 인생을 강요당했던 젊은이가, 지금 여기 눈앞에서 땅을 밟고 있다는 사실을 쉽게 받아들일 수 없었다. 대신 고쇼G에서 하얀 셔츠에 옅은 녹색 바지를 입은 엔도 군이 행진하고 있는 이미지는 쉽게 뇌리에 떠올랐다.

어제, 엔도 군과는 결국 한 번도 대화하지 못했다. 정확히는 너무 풀이 죽어 있어서 말을 걸기조차 조심스러웠다고나 할까.

향목점연합 팀과 다마히데 배 4차전. 승리하면 십중팔구 우승할 수 있는 중요한 시합에서 어쩐 일인지 미후쿠 팀은 4회 콜드 게임 패라는 비참한 결과를 맛보고 말았다.

1이닝씩 번갈아 투수를 하자는 약속은 긴장한 탓에 제구가 되지 않아, 볼넷을 주고 안타를 맞는 나쁜 패턴으로 매회 상대의 득점을 허용했다. 네 번째 투수로 마운드에 선 엔도 군은 오히려 어설프게 제구된 공 때문에 노림수 타격으로 상대의 집중포화를 맞고 말았다.

3회까지 상대에게 6점을 내준 반면, 우리는 졸공의 재앙으로 영점 행진. 거기에 승리에 쐐기를 박는 5점이 더해져 콜드 게임 패의 위기가 임박한 4회 말 공격은 나, 샤오 씨, 엔도 군 이렇게 3인 조합이 순식간에 종료를 시켰다. 1차전에서 우리가 이겼던 방법 그대로 상대에게 당하며 어이없이 경기 종료가 선언됐다.

"네가 법학부에 재학 중이 아닐지도 모른다는 의혹, 아니 어디 그뿐인가. 약 80년 전에 학도병으로 징집되어 갔고, 그 결과 전사했다는 의혹이 떠오르고 있는데 시간 좀 내줄 수 있겠나? 아, 이런 얘기를 한 건 저기 있는 샤오 씨라네."

 투수의 숨통을 끊는 5실점, 거기에 마지막 타자라는 불운까지 겹쳐 완전히 낙담하고 있는 엔도 군에게 이런 따위의 말을 꺼낼 수는 없었다.

 나 자신도 분이 풀리지 않았다. 다마히데 배가 시작되기 전에는 상상도 하지 못한 일인데, 콜드 게임 패에 대한 굴욕감은 물론 무안타로 끝난 한심한 나 자신에게 화가 나서 당장은 머리 회전도 되지 않았다.

"걱정 마, 걱정 마! 다음 시합에서 이기면 우승할 가능성이 아직 충분해."

다몬의 격려를 받으며 엔도 군은 터덜터덜 자전거로 향했고 에이짱, 야마시타 군과 함께 돌아갔다.

"이런 시합도 있구나."

아아, 배고프다, 어디 밥 먹으러 가자며 재빨리 분위기를 전환하려는 다몬에게 세 명 중 누군가에게 연락처를 받았냐고 묻자, 세 명 모두 핸드폰이 없대, 요즘 세상에 가능한 일이야? 엔도 군이랑 다들 학교에서 보내는 안내문 같은 건 어떻게 보는 거지? 일일이 컴퓨터로?, 라며 그 아날로그적 생활상에 어이없어했다.

초록의 그라운드를 둘러싼 펜스의 그물망에 손가락을 걸고, 페트병에 담긴 보리차를 모두 마셨다. 햇빛을 받아 당장에라도 증발할 듯이 하얗게 빛나는 인조 잔디를 실눈을 뜨고 바라보며, 샤오 씨는 이렇게 더운데 지금 판다를 보고 있을까 하는 생각을 했다.

지난번 '세컨드 하우스'에서 나는 그녀에게 "왜, 엔도 군의 이름을 학도병 징집 데이터에서 찾을 생각을 했어요?"라고 질문했다.

샤오 씨는 텅 빈 커피잔을 응시하며 잠시 생각에 잠기더니, "모르겠어요" 하고 고개를 저으며 말했다.

그 후, 그렇게 대답하게 된 경위를 말해주었다.

"가설과 검증이에요."

우선, 고쇼G에 에이짱이 나타났다. 다음으로 에이짱이 엔도 군과 야마시타 군을 데리고 왔다. 만약 에이짱이 원래 그곳에 있을 수 없는 사람이라면, 그와 함께 나타난 둘 역시 마찬가지일 것이다, 라는 가설을 세울 수 있지 않을까?

그래서 샤오 씨는 '같은 대학의 법학부에 다니는 스물한 살'이라는 본인이 생각한 정보를 기반으로 엔도 군의 '현재'부터 파헤치기 시작했다.

즉, 엔도 군이 지금도 법학부에 재학 중인지 아닌지 여부를 확인했다. 그가 사실은 스물한 살이 아닐 가능성도 있지만, 그래도 6년째나 대학을 다니고 있을 것 같은 요괴스러운 분위기도 아니고, 대학원생이라기에는 얼굴이 너무 동안이라서 재학 중이라면 입학 후 4년이 지나지 않은 학부생일 거라 짐작했다. 개인 정보 관리의 중요성을 크게 강조하는 요즘이지만, 유학 수속을 할 때 친해진 학생과 직원에게 '엔도 미요지'라는 이름의 학생이 있는지 알아봐달라고 부탁했다. 그 결과, 법학부뿐 아니라 모든 학부에 '엔도 미요지'라는 이름의 학생은 존재하지 않는다는 비공개 증언을 입수했다.

'현재'의 확인을 마친 그녀는 과거를 이 잡듯 뒤지는 작업에 들어갔다. 대학의 데이터베이스에서 학도병 징집 자료를 보고 거기서 '엔도 미요지'라는 이름을 찾아냈다.

'1943년(쇼와 18년) 10월 입학'

가게에서 그녀가 보여준 데이터와 같은 기록이다. 그때는 10월 입학 같은 게 있었나 생각하면서 나 역시 사와무라 에이지에 대해 알아보며 학도병 징집도 조사해봤다. 10월 입학은 1943년 전후에만 존재한, 변칙적인 제도였다. 당시 전세가 악화되자 조금이라도 더 많은 신병을 원하던 정부는 법률을 변경하여 그때까지 제한됐던 대학생 징병을 가능하게 만들었다. 그뿐 아니라 학생들을 9월에 졸업시키도록 법률로 정했다. 하루라도 빨리 징병 검사를 받게 하기 위해서였다.

그리하여 9월에 거행된 졸업식에 맞춰 신입생의 입학식은 10월이 됐다.

"왜, 엔도 군의 이름을 학도병 징집 데이터에서 찾을 생각을 했어요?"

내 질문에 샤오 씨의 "모르겠어요"는 엔도 군의 흔적

을 과거에서 찾으려 했을 때, 왜 문득 학도병 징집 데이터를 확인해야겠다는 생각이 들었는지, 그 이유를 그녀 자신도 알 수 없었다는 뜻이었다.

"그런데, 그때는 그런 생각이 들었어요."

만약 오늘 그녀와 세 번째 늦은 점심을 먹었다면 어떤 이야기를 들을 수 있었을까. 이제는 오지 않을 거라는 예상을 뒤집고 나타난 어제의 세 사람을 보면서 그녀가 자신의 가설을 어떻게 수정하고 변경했는지 묻고 싶었다.

그러나 열녀 샤오도 마침내 교토를 떠났다.

그늘에 있던 몸을 트랙으로 꺼내놓자마자, 햇빛은 기다렸다는 듯이 내 숨통을 끊어놓을 기세로 내리쬤다. 오랜만에 8월의 패자라는 말을 떠올리면서 입구로 돌아가려 트랙을 걸었다.

1943년 10월에 입학한 '엔도 미요지' 군.

그는 대학생이 되자마자 징병 검사를 받고, 불과 2개월도 안 되는 학생 생활에 이별을 고하고, 머나먼 화베이의 전장으로 보내졌다. 그리고 다시는 교토로 돌아오지 못했다.

오늘 샤오 씨와 만나면 묻고 싶은 게 있었다.

"왜일까?"

만약, 에이짱과 엔도 군이 샤오 씨가 말한 대로 그런 존재들이라면 어째서 그들은 이른 아침 고쇼G에 나타난 걸까?

주변의 매미가 갑자기 울음을 멈췄다. 인적 없는 트랙을 스치는 스니커즈 소리만이 유난히 크게 들려왔다.

체육 수업 때문에 지금까지 몇 번이나 와본 곳이 학도병 출정식 장소였다니, 나는 물론 알지 못했다. '비의 진구 외원'*이라는 문구가 자주 언급되는 도쿄 출정식과는 달리 80년 전 교토 출정식 당일은 쾌청했다고 한다. 11월의 쾌청함과는 전혀 질이 다르지만 쾌청한 날에 현장을 방문해보면 뭔가 느껴지는 게 있을지도 모른다는 게 내가 이곳을 찾은 이유였다.

이미 가벼운 열사병이 시작되고 있었던 걸까. 지독히도 강렬한 햇빛의 압력을 피부가 느끼지 못하는 것 같다는 생각에 하늘을 올려다봤다.

"아, 그거구나."

---

* 도쿄는 출정식이 메이지진구 외원에서 이뤄졌는데, 그날 가을 비가 내렸다.

그 순간, 아주 단순한, 왜 그들이 나타났는지 그 답을 얻었다.

"다들 야구가 하고 싶었던 거야."

목에 걸치고 있던 수건을 머리에 두르려는 순간이었다. 갑자기 그라운드를 둘러싼 펜스의 그물 너머로 낮지만 완만한 능선을 그리며 자리 잡은 다이몬지大文字산이 눈에 들어왔다.

푸른 하늘에 흰 구름이 옅게 떠 있고 그 아래 산 표면에 눌어붙은 듯 펼쳐져 있는 '大' 자를 보고 내일은 오쿠리비*가 아닌가, 아니, 그 전에 오늘이 종전일이었다는 사실을 그제야 깨달았다.

---

* 매년 8월 16일에 교토의 다이몬지산을 비롯한 다섯 개의 산에서 열리는 고잔노오쿠리비五山の送り火를 의미한다. 교토 4대 전통 행사 중 하나인 여름의 풍물로 유명하다. 산마다 각자 다른 문자나 그림을 본뜬 불자리에 불을 붙이며, 타오르는 불꽃이 죽은 이의 영혼을 저세상으로 보낸다고 전해진다. '다이몬지'는 총 다섯 곳의 오쿠리비 중에서 가장 유명한 화톳불인데 최고의 감상지는 '교토고쇼'다.

★　　★　　★

점심때는 그렇게도 쾌청하던 하늘이, 해가 지기 전부터 갑자기 구름이 끼기 시작하더니 밤에는 창문을 두드리는 소리가 시끄러울 정도로 거센 비를 뿌렸다.

새벽 5시 반에도 아직 비는 그치지 않았고, 다몬에게 다마히데 배 최종전은 내일로 연기한다는 연락이 왔다.

바로 다시 잠이 들었다가 점심 전에 일어나니 이미 비는 그쳤고 빠르게 흘러가는 구름 사이사이로 파란 하늘이 잠깐씩 모습을 드러냈다.

그때 마치 기다렸다는 듯이 다몬에게 라인 메시지가 왔다.

'오늘 밤 한가하면 오쿠리비 보러 가자.'

물론 한가하다.

'고잔노오쿠리비'라는 이름처럼 교토 분지를 빙 둘러싸고 있는 산들에 다섯 종류의 오쿠리비가 점화된다. 하지만 건물들이 가리고 있어 동시에 모두를 보기는 굉장히 어렵다. 실제로는 어느 한 곳만 목표로 정하고 조용히 바라보는 감상법이 일반적이다. 그중에서도 다이몬지산의 '大' 자는 가장 인기가 좋아서 매년 가모 대교나 가모강 델타 부근에는 인파가 몰려든다.

어디서 볼 거냐며, 사람이 많은 곳은 피하고 싶다고 하자, 다몬이 좋은 장소가 있다고 했다.

'너무 먼 거 아냐?'

지정한 장소에 대한 솔직한 감상을 말하자 다몬은 자기 하숙집이 니시진*에 있으니 거기까지 그렇게 멀지 않다, 라고 동의할 수 없는 이유를 대며 밀어붙였다.

오후 7시, 나는 하숙집에서 출발해 기타오지 거리를 곧장 서쪽으로 달렸다. 다이토쿠지 절이 보이는 곳에서 좌회전을 하고, 한참 가다가 보이는 곳에 있는 도리이** 앞에서 자전거를 세우고 내렸다. 먼저 도착해 있던 하늘색 알로하셔츠에 반바지 차림을 한 다몬이 "어이" 하고 손을 든다.

커다란 도리이 옆의 돌에는 '建勳神社'***라고 조각되어 있었다.

---

* 교토 가미교구에서 기타구 사이 일대로 교토고쇼 서북쪽에 있다.
** 신사 입구에 세운 하늘 천天 자 모양의 기둥 문이다.
*** 겐쿤 신사. 교토에 있는 신사로 '다케이사오 신사'라고도 한다.

힘겹지만, 도리이를 지나자마자 바로 시작되는 돌계단을 계속 오르다 보니 갑자기 시야가 탁 트였다. 낮은 건물들이 어깨를 나란히 하고 있는 거리를 감탄하며 바라보고 있으니 다몬이 "저것 봐"라며 손가락으로 가리켰다. 마을을 둘러싸듯 능선이 완만하게 이어지고, 부풀어 오른 산줄기 한 지점에 우리의 목적인 다이몬지산이 봉긋하게 솟아 있었다. 약간 흐린 하늘을 배경으로 '大' 자도 선명하게 보인다.

"용케 이런 장소를 알고 있었네."

이렇게 알려지지 않은, 정취 있는 곳이 존재한다는 사실에 놀라고 있는데, "가게 손님이 알려줬어"라며 다몬이 이해가 가는 대답을 해주었다.

이미 절 안에는 여기저기 사람들이 모이기 시작했다. 오쿠리비 점화는 오후 8시. 아직 시간이 남아서 경내를 둘러보고 다시 오니 갑자기 사람들이 많아져 있었다. 슬슬 자리를 잡으려고 돌계단에 앉아 한숨 돌렸다.

"맞다, 잊어버리기 전에…… 어제 샤오 씨하고 못 만나서 안 썼어."

다몬한테 받은 2,000엔을 돌려주려 하자, "가지고 있어"라며 되돌려준다.

"뭐야, 나 주는 거야?"

"너한테 여기 오자고 한 다음에, 샤오 씨한테 연락받았어. 일이 있어서 지금은 교토에 없지만 오늘 밤에 돌아올 거고, 내일 시합은 참가할 수 있대. 이건 마지막 식사 대접 때 써줘."

"샤오 씨, 꽤 빨리 돌아오네."

이 말을 한 후에, 뭐 남자 친구도 오쿠리비를 보고 싶어 할 거라는 생각도 들어서 알았다며 지갑에 2,000엔을 도로 넣었다.

"만약 예정대로 오늘 아침에 시합을 했더라면 샤오 씨가 없는 우리 팀은 인원 부족으로 패했을 거야. 비 덕에 내일은 시합할 수 있고. 뭔가 신비로워."

분지가 통째로 조용히 어둠 속에 잠겨가는 마을을 정면으로 바라보며 다몬이 진지한 어조로 말했다.

"항상, 어떻게든 채워지는 느낌이야."

"뭐야, '느낌'이라는 건."

"전에 말했잖아. 다마히데 배가 시작하기 전에 우리 교수님한테 오봉 연휴 기간에 아홉 명이나 모일 리가 없다고 하니까 어떻게든 될 거라며 웃었다고. 우리 연구실에는 성실한 녀석들이 많으니까. 그 얘기를 듣고,

어떻게든 되진 않습니다, 싫습니다, 시합이 있을지 없을지 모르는데 아침 6시에 고쇼까지 가다니!, 라며 반항한 녀석이 있었거든."

"완전히 바른말이네."

"그러자 교수님이 그랬어. 걱정 말게, 항상 어떻게든 인원이 차거든. 지금까지 줄곧 그래왔으니까, 걱정하지 말고 고쇼로 가면 되네, 라고. 그때는 터무니없는 조언이라고 생각했는데, 결국 교수님 말대로 됐어. 네가 우연히 샤오 씨를 만났고, 샤오 씨가 갑자기 에이짱한테 같이 하자고 했고, 그리고 에이짱이 엔도 군하고 야마시타 군을 데리고 왔잖아."

 중간부터는 다몬의 말에 맞장구를 칠 수 없었다. 다몬의 반바지 아래로 보이는, 햇빛에 탄 무릎을 바라보며, 만난 적 없는 다몬의 연구실 보스에게 의문 하나가 스멀스멀 피어오르는 것을 억누를 수 없었다.

 '지금까지 줄곧 그래왔다.'

 어쩌면, 교수님은 조언이 아니라, 사실을 말한 게 아닐까? 예전부터 알고 있었던 게 아닐까? 인원수가 부족해도 어딘가에서 반드시 구원자가 고쇼G에 나타난다는 것을.

다몬에게는 아직 샤오 씨에게 들은, 에이짱과 관련된 이야기를 아무것도 전달하지 않았다. 만약 말했다 해도 분명 웃고 말았을 것이다. 어제도 그녀의 말을 반쯤 진심으로 받아들이고 태양이 작열하는 농G에 나 혼자 서 있었다는 걸 알면, "너 괜찮냐?"라고 진심으로 걱정할 것이다. 하지만 교수님의 말을 반추하는 동안, 내가 시합 시작 전에 샤오 씨와 만난 우연조차 준비된 계획 같았다. 아니, 그 말을 하면 내가 여자 친구에게 차인 것도 다마히데 배에 참가하게 된 에피소드 중 하나가 되고 말 것이다.

"아냐, 아냐."

밤과 뒤섞인 무더운 공기가 축축하게 엉겨 붙는 팔을 거칠게 문질렀다.

"왜 그래?"

다몬의 의아해하는 소리에 "아무것도 아냐"라며 고개를 가로저었다.

"우리 팀에 야마시타 군 말이야."

갑자기 튀어나온 이름에, "응?" 하고 반응하고 말았다.

"몇 살쯤 됐을까?"

"야마시타 군이라면……, 열아홉이야. 그저께 시합에

서 캐치볼을 하면서 물어봤어."

"왜?"라고 묻는 내게 다몬은 말할까 말까 주저하는 듯한 묘한 뜸을 들인 다음, "교수님이 이상한 말을 해서"라며 모기에라도 물렸는지 맨살이 드러난 정강이를 긁으며 낮은 목소리로 말했다.

"이상한 말?"

"교수님이 기온의 '다마히데'에 데려간 적이 있다고 말한 적 있지? 그때, 교수님이 곤드레만드레 취해서 말이야, 다마히데 마마한테 '우리끼리 하는 말인데, 나는 당신 오빠하고 야구를 한 적이 있어'라던가 뭐 그런 말을 했어. 그 말을 들은 마마는 웃으면서 자기한테 엄마가 다른 오빠가 있는 건 사실이지만, 나이 차가 스무 살도 넘고 지금까지 한 번도 만난 적이 없다, 그리고 오빠하고는 야구 같은 거 할 수가 없다, 라고 했거든. 왜냐하면 오빠는 열아홉 살 때 징병에 끌려가 죽었기 때문에……."

그 순간, 몸이 제멋대로 흠칫 떨리며 주변을 감싼 어둠이 소리도 없이 더 깊어지는 듯했다.

지금까지 한 번도 만난 적 없는 다몬의 보스가, 고쇼 G에 서 있는 뒷모습이 너무나 또렷하게 머릿속에 떠올랐다. 지금은 예순이 넘었다고 들었는데 뒤통수의 머릿결은 30대 정도로 젊고, 살짝 낡은 신발을 신고, 왼손에는 글러브를 끼고 있다. 그의 정면에서 하얀 셔츠에 옅은 녹색 작업복 바지를 입은 야마시타 군이 손에 쥔 공을 던지려 하고 있다. 한 번 던질 때마다 조금씩 거리를 두면서 둘 사이에 캐치볼이 시작된다……

"누가 들어도 야구 얘기는 무리수야. 하지만 우리 교수님은 완고하게 나는 당신 오빠랑 야구를 한 적이 있다, 왜냐하면 젊은 시절의 당신과 얼굴이 똑 닮았으니까, 라며 고집을 부렸지. 그러다 조용히 잠이 들었고."

한 톤 낮춘 소리가 중간중간 주변의 술렁이는 소리에 소거될 것 같을 때마다, 숨을 참고 한마디라도 놓칠세라 귀에 의식을 집중했다. 등이 아플 정도로 뻐근하게 굳었지만 힘을 뺄 수가 없었다.

"내가 죄송하다고 사과하자 '다마히데'의 마마가 지금까지 딱 한 번, 수십 년도 더 된 일이지만 미후쿠 교수에게 오빠 얘기를 한 적이 있다고 했어. 히메지에 있는 고향집이 공습으로 불타버려서 오빠 사진은 한 장도 남지 않았고, 야구를 좋아했다는 아버지의 얘기만이 오빠에 대한 유일한 살아 있는 기억이었다……, 분명, 미후쿠 교수는 이 얘기를 잊지 않고 있었을 것이다, 교수님들은 모두 머리가 좋아서 이상한 것만 기억하니 문제라며, 완전히 취객의 허튼소리 취급을 했어. 물론, 나도 그렇게 생각했고."

다몬은 한 번 말을 끊더니 힐끔 나를 쳐다봤다. 햇빛에 그은 얼굴이 밤의 어둠 속으로 가라앉기 시작하고, 눈만 낱알 같은 작은 빛을 머금고 빛나고 있다.

"다음 날 연구실에서 교수님을 만났거든. 가게 앞에서 택시에 밀어 넣어 집에 보내드린 건 물론이고 아무것도 기억하지 못해서 내가 농담처럼, 다마히데 마마한테 마마의 오빠와 야구를 했다는 얘기를 해서 곤란하게 만들었다고 하자, 진지하게 '큰일 났군' 싶은 표정이 되더라고. 내가 그 얘기를 하니까 낯빛이 변해서는 마마는? 뭐라고 했어?, 라고 묻길래, 완전히 주정뱅이의 허튼소리 취급을 했다고 하니, 이번에는 진심으로 '다행이군' 하는 표정이 되는 거야. 나는 생각했지. 이 반응은 대체 뭐지? 전쟁에서 죽은 사람과 야구 했다는 얘기잖아? 믿고 말고 할 것도 없는 얘기 아냐? 아직 술이 안 깼나, 이 아저씨? 그런 생각을 하는데, 이제 슬슬 만날 수 있을지도 몰라, 최근에는 오지 않았던 거 같으니, 라고 교수님이 중얼거렸어. 만날 수 있다니, 누굴 말입니까, 하고 묻자, 오빠 말일세, 라고 진지한 얼굴로 대답하는 거야. 그 틈을 타서 내가 다마히데 마마의 오빠 말입니까? 그리고 교수님은 항상 어디서 만나는데요? 하고 물으니, 내가 아니라 너희가 만날 거야. 다몬 군, 자네가 고쇼에서 만날지도 몰라……"

다몬이 알로하셔츠 주머니에 있던 핸드폰을 힐끗 쳐다봤다. 이제 10분 남았네, 라고 중얼거리는 소리가 들려왔다. 내 옆으로는 사람들이 끊임없이 돌계단을 오르고 있었다.

뒤를 돌아 확인해보니 어느새인가 돌계단 뒤쪽까지 인파로 가득 찼다.

"오타 교수 팀한테 이겼다는 소식을 듣고 우리 교수님한테 문자 왔다는 얘기는 했지? 그때, 문자 맨 끝에, 올해는 그가 왔나?, 하고 쓰여 있었어. 잊지는 않고 있었지. 하지만 머릿속에서 이렇게…… 연결하지는 못했어. 에이짱이 엔도 군과 야마시타 군을 데려왔을 때도, 인원수를 맞췄다는 기쁨 때문에 그걸 생각할 여유가 없었고. 그래서 대체 뭔 얘기지?, 하고 무심하게 지나갔어. 그런데 어제 말이야. 시합도 없고 할 일이 없어서 오랜만에 방 청소를 했거든. 가방들이 아무렇게나 쌓여 있는 곳을 치웠는데 거기에서 떨어져 있는 명함을 발견했어. '기온 다마히데'. 아아, 그때 명함을 받았던가, 생각하면서 뒷면을 보니까 거기에 마마의 이름이 적혀 있더라고."

야마시타 세이코.

다몬은 거의 속삭임에 가까운 소리로 이름을 말하고, "마마는 한 번도 결혼한 적이 없는 것 같아"라며 개인 정보를 덧붙였다.

여기서 도출할 수 있는 얘기는 하나밖에 없다. 서로 말하지 않았지만 다몬은 고개를 끄덕이며 무언의 수긍을 했다.

"나는 곧장 교수님에게 문자를 보냈어. '올해는 그가 왔나?'에 대한 답장에 그의 이름을 알려주세요······, 라고. 오봉 연휴로 바쁠 거 같아 답장 같은 건 기대도 안 했는데, 오늘 교수님한테 답장이 왔어. 다마히데 마마의 오빠 이름이 쓰여 있었지."

나는 조용히 눈을 감았다.

점화를 기다리는 들뜬 분위기가 그대로 씐 것 같은 주변의 술렁임 속에서 다몬의 목소리가 들렸다.

"야마시타 세이치."

샤오 씨는 말했었다.

"에이짱과 엔도 군은 찾을 수 있었지만 야마시타 군에 대해서는 알 수가 없었어요. 에이짱하고 같은 공장에서 일한다는 정보만 얻었을 뿐 내가 판단할 수 있는 건 아무것도 없습니다."

소위 말하는 마지막 퍼즐이, 설마 다몬을 통해 맞춰지리라고는 그 대단한 샤오 씨도 상상하지 못했을 것이다.

"미안. 이런 얘기 들어도 뭘 어떻게 해야 할지 모를 텐데. 야마시타 군을 함부로 죽은 사람 취급하다니, 그것도 대단한 실례고. 나는 야마시타 군의 성만 알지 이름도 몰랐으니까. 그래서 얘기할 생각은 없었어. 그치만 나도 모르게 뭐랄까……"

나는 양 손바닥으로 얼굴을 훔쳤다. 손바닥에 끈적한 땀이 남는 것을 느끼면서 "다몬" 하고 불렀다.

"됐어, 잊어주라."

그는 정강이를 긁던 손으로 내 등을 팡, 하고 두드렸다.

마치 그게 신호라도 된 듯이 환호성이 터졌다. 완전히 밤에 녹아들어 감쪽같이 사라졌던 다이몬지산에서,

작고 빨간 점이 빠끔빠끔 떠오른다. 돌계단에 앉아 있는 구경꾼들이 일제히 핸드폰을 치켜드는 모습을 내려다보며 다시 한번, 이름을 불렀다.

"다몬."

점화된 빛이 점점 번지며 천천히 '大' 자를 그리기 시작한다. 저 멀리 비탈진 곳이지만 불꽃의 흔들림까지 느껴졌고, 바라보는 동안 내 몸이 온기로 가득한 어둠 속으로 그대로 녹아드는 듯한 기묘한 감각에 빠져들었다.

정신이 들었을 때, 나는 얘기를 하고 있었다.

중간부터는 옆에서 다몬이 듣고 있는지 어떤지도 모르면서 샤오 씨에게 전해 들은 에이짱과 엔도 군의 얘기를, 80년 전에 농G에서 벌어졌던 일을, 캐치볼을 하면서 야마시타 군에게 들은 이름을, 남김없이 모조리 털어놓았다.

"그의 이름은 야마시타 세이치. 보스가 말한 이름과 같아."

내 얘기가 끝날 때까지, 다몬은 한 번도 끼어들지 않았다.

저편에서는 '大' 자가 밤하늘을 향해 그 웅장한 불꽃

을 피워 올리고 있다. 조심스러우면서도 어딘가 어수선한 기운을 띠는 술렁임과는 동떨어져, 마치 다몬과 나 둘은 밤의 일부가 된 듯이 조용히 호흡했다. 부채의 면이 어둠 속을 나는 나방처럼 돌계단 여기저기서 팔랑거리고 있었다.

샤오 씨는 지금쯤 교토로 돌아왔을까? 돌아왔다면 지금 어디서 오쿠리비를 보고 있을까…….

"구치키."

구부정하게 있던 등을 펴며 다몬이 입을 열었다.

맨 처음 던진 질문은 "왜 사와무라 에이지는 어깨를 다친 거야?"였다.

사와무라 에이지에 대해 처음 조사했을 당시의 기억을 떠올리며 나는 다몬에게 이야기를 들려주었다. 사와무라 에이지가 스무 살 때 1차 소집이 됐다는 것. 군의 수류탄 던지기 대회에서 보통은 30미터를 던지면 잘한 건데, 90미터 이상이나 던졌다는 것. 아마 전쟁터에서도 수류탄을 여러 번 던지면서 어깨가 소모됐을 거라는 것. 프로 야구에 복귀했지만 2년이라는 공백은 커서 예전 같은 야구는 할 수 없게 됐다는 것…….

"수류탄이라는 게, 무겁구나."

"경식구보다 세 배 정도 무거운가 봐. 전쟁터에서는 사람이 살이 빠지니까, 근육도 빠져서 어깨에 엄청 나빴을 거야. 복귀했지만 예전처럼은 던질 수 없어서 사이드암으로 전향했지."

무릎 위에 올려놓은 다몬의 주먹에 어느새 힘이 들어가 있었다.

"최악이네."

다몬이 나직이 중얼거렸다.

"뭐야, 그게. 나도 중학교 때 무릎 다쳤는데 자기가 잘못해서 다친 거라면 이해가 가. 그런데……."

여기까지 말하고는 입을 다물었다.

그러고 보니 고쇼G에서 포수를 할 때 다몬은 항상 왼쪽 다리를 쭉 펴고 허리를 굽히거나, 아니면 엉거주춤한 자세로 공을 받아내던 모습이 생각났다. 양 팔꿈치를 구부리고 허리를 내리며 앉는 포수의 표준 자세를 본 기억이 없다. 지금도 오른쪽 다리보다 조금 낮은 계단에 왼발을 올리고, 무릎을 살짝 편 듯한 자세를 하고 있다. 나와 다몬이 다닌 고등학교는 야구부가 없었다. 그래서 다몬이 야구를 그만둔 줄 알았는데 그게 아닐지도 모르겠다.

눈치채지 못하게 슬쩍 옆얼굴을 보니 분노를 억누르는 듯한, 그러면서 슬픈 듯한 검게 젖은 눈동자가 오쿠리비가 타오르는 곳이 아닌 허공을 응시하고 있었다.

"지금 내 얘기, 어땠어?"

흐음, 하고 다몬은 무릎 위에 팔꿈치를 대더니 그걸 지지대 삼아 손바닥 위에 턱을 괬다.

"오봉…… 이니까."

"뭐야, 그게."

"오봉 때, 저 너머 사람들이 이쪽으로 오잖아? 그런 게 아닐까?"

"그런 이치라면, 내일 시합에는 아무도 안 오겠네. 지금 한창 저 너머 세상으로 보내주고 있으니까."

그런가, 그거 곤란한데, 하며 다몬은 허스키한 목소리로 웃었다.

"음, 여기는 교토니까."

"그런 이유로?"

"뭐, 나는 아무래도 좋아."

"아무래도 좋아? 좋긴 뭐가 좋아. 사실은 죽은 사람일 수도 있다고."

"구치키, 네 말이 진실이라 해도, 말도 안 되는 소리라 해도, 내일 고쇼G에 에이짱하고 엔도 군하고 야마시타 군이 와줘서 시합을 할 수 있다면 그걸로 족해. 모두 야구가 하고 싶잖아? 그렇다면 하자고."

너무나 철딱서니 없는 결론에, 저런 접근법도 있구나 하고 묘하게 감탄하면서 나도 모기에 물렸는지 갑자기 간지러워진 팔꿈치 주위를 긁었다.

"그러고 보니 오늘 시합이 연기된 걸 어떻게 그 셋한테 알렸어? 연락처 모르잖아?"

"계속 일기 예보를 확인하고 있었으니까. 의심스러웠거든. 아침에 비가 오면 이튿날로 연기한다고 헤어질 때 야마시타 군한테 말해뒀지. 셋이 같이 갔으니까 에이짱하고 엔도 군한테 말해줬을 거야. 이로써 우리 팀은 내일 당당하게 우승하는 거야. 감사하게도 나도 내년에 졸업하고."

이렇게나 낙관적일 수 있다니, 이 남자 참으로 존경스럽다는 생각과 함께 어둠 속에서 슬며시 웃음이 났다.

"맞다! 야마시타 군은 '다마히데' 마마랑 닮았어?"

불현듯 생각난 것을 물었다.

다몬의 보스 말이, 오빠는 젊은 날의 마마와 똑 닮았다고 했다. 야마시타 군은 보기 드문 미남형이다. 집안

내력인지도 모른다.

손바닥에 턱을 올린 채로 머릿속에서 양자 대면을 시키고 있는지, 다몬은 심각한 얼굴로 오쿠리비를 노려보고 있다가 "몰라"라며 고개를 옆으로 흔들었다.

"열아홉의 청년과 추정 나이 일흔이 넘은 마마잖아. 누구나 50년 후면 전혀 다른 얼굴이 되어 있을 텐데. 뭐, 피부가 하얗고 선이 고운 건 닮았는지도……. 교수님 문자에는 만약 그와 만나도 마마한테는 비밀로 해 달라고 쓰여 있었어. 술에 취해 맘대로 들통을 낸 건 당신이지 않냐는 생각이 들었지만, 우리가 깊게 관여할 일은 아닌 거 같기도 해."

"하지만 다마히데 마마는 지금까지 오빠를 만난 적이 한 번도 없는 거지?"

"만나고 싶으면 그쪽에서 원할 때 만나러 가지 않겠어? 아니, 벌써 진작에 만나러 갔을지도 모르지. 마마가 눈치채지 못했을 뿐."

얼버무리는 건지, 아니면 정면으로 받아들인 끝에 내린 그의 진지한 견해인지, 종잡을 수 없는 다몬의 말을 들으며 그 셋이 내일 올지 말지에 대한 얘기는 그만하자고 생각했다. 마지막 한 경기, 나도 하고 싶다. 그렇게 아침 일찍부터 네 번이나 시합에 참가했는데 아직 한 번도 안타를 치지 못했다. 태어나서 처음으로 방망이를 쥐어봤을 샤오 씨조차 안타를 날렸는데…… 하는 억울함이 다시 고개를 드는 순간, 엉덩이 주머니에서 핸드폰이 작게 진동했다.

묘한 예감이 들어 핸드폰을 꺼내 확인해보니 샤오 씨에게 라인 메시지가 들어와 있었다.

사진만 한 장……, 산의 경사면을 따라 납작 엎드린 것처럼 그려진, 어두운 밤 속에 떠오른 '法'*이라는 글자의 사진이었다. 이것도 다섯 종류인 오쿠리비 중 하나다. 와카야마에서 귀환해 무사히 오쿠리비를 볼 수 있었나 보다.

답장으로 '大' 사진을 보낼까도 생각했지만 카메라에 너무 작게 찍혀서 일찌감치 포기했다. 그사이 샤오 씨에게 메시지 한 통이 도착해 있었다.

'지난 시합 때, 에이짱에게 이름을 물어봤어요.'

핸드폰 화면에 뜬 작은 문자가, 내 시야를 전부 덮을

---

* 고잔노오쿠리비의 다섯 개의 글자 중 하나인 '묘호妙法'로 부처님의 놀라운 가르침을 뜻한다.

정도로 크게 보였다.

'뭐라고 그러던가요?'

숨을 멈춘 채, 바로 답장을 보냈다.

1분 정도 지나 답장이 도착했다.

긴장해서 뻣뻣해진 손가락 끝으로, 핸드폰을 터치했다.

갑자기 낯익은 이미지가 화면에 나타났다.

하지만, 뭔가 다르다.

색이다.

그것은 '세컨드 하우스'에서 샤오 씨가 내밀었던 태블릿 속 이미지, 거기에서 색을 제거한 흑백 사진이었다. 촬영 당시의 바로 그 사진일까. 낡은 사진 한가운데, 한 남자가 수줍은 미소를 띠고 있다. 사진 외에 샤오 씨에게서는 아무 설명도 없고 핸드폰은 이렇다 저렇다 말이 없다.

"앗."

바로 옆에서 감탄사가 터졌다.

"닮았네!"

다몬이 반가워하는 목소리로 말했다.

한참 동안 둘이 핸드폰 화면을 들여다보다가 고개를

드니 불꽃의 열기가 절정을 지난 듯 조금씩 사그라들기 시작하고 있었다.

"나는 사와무라 에이지의 공을 받았을지도 모르는 포수가 되는 건가……."

어둠 저편으로 떠나가듯 '大' 자가 소리도 없이 사위어가는 모습을 바라보고 있는데, 다몬이 갑자기 상체를 곧게 펴더니 왼손을 가슴으로 가져가면서 미트를 낀 포수 자세를 취하며 말했다.

"흐음."

"그 세 명, 우리 같은 풋내기 팀에서 같이 뛰어서 즐거웠을까?"

즐거웠으니까 왔겠지, 하고 내가 근거도 없이 대답하니 "그랬겠지"라며 다몬은 오른손으로 주먹을 쥐고 왼쪽의 보이지 않는 미트에 결연하게 넣었다.

"적어도 나는 즐거워. 샤오 씨도 아마 즐거울 거야. 너무 아침 일찍인 건 싫지만."

"나도."

핸드폰을 다시 엉덩이 주머니에 꽂자, 다몬은 왼쪽 손가락을 튕기며 고개를 끄덕이면서 말했다.

"엔도 군은 몇 살이야?"

"스물한 살이라고 본인이 그랬어."

"우리보다 한 살 어리네."

세 번, 왼손에 넣으려던 주먹의 움직임이 멈췄다. 잠시 그 자세로 멈춰 있다가, 목에서부터 신음하는 듯한 불확실한 소리를 내며 왼쪽 미트를 오른쪽 주먹으로 소리 없이 쳤다.

"다들…… 살고 싶었던 거야."

돌아갈 준비를 마치고, 돌계단을 떠나는 사람들의 모습이 눈에 띄기 시작했다. 밤의 바닥으로 잠겨가는 마을의 불빛 앞으로 지나는 사람들의 형체가, 마치 그림자처럼 비치는 것을 내려다보며 아아, 하고 소리 없는 소리와 함께 고개를 끄덕였다.

"있잖아, 구치키. 우리, 잘 살고 있는 걸까?"

바로는, 대답할 수 없었다.

오쿠리비를 수놓았던 불꽃의 선은 이제 의지할 곳 없이 가늘어졌다. '大' 자는 앙상한 뼈가 산화되듯 천천히 점으로 쪼개졌다. 불꽃은 이따금 생각났다는 듯이 크게 부풀어 올랐지만 이내 깜박이다가 정적 저 너머로 소리 없이 사그라들었다.

종료 시간이 다가오고 있다.

"그게…… 우리와의 약속이겠지."

다몬의 질문에 대한 답인지, 꺼져가는 '大' 자를 향한 말인지, 아니면 앞으로 만날 수 있을지 어떨지 모르는 세 명에게 전하고 싶었던 말인지, 나도 알 수 없었다.

불꽃이 하나, 작게 부풀어 올랐다.

"너한테는, 불이 없어."

이미 헤어진 여자 친구가 아닌, 누구인지 알 수 없는 목소리가 귓전에서 속삭였다.

순간 오른손을 쑥 내밀어, 밤의 한가운데에서 그것을 움켜잡았다. 그대로 다몬 흉내를 내며 왼손에 끼고 있는 상상의 글러브에 주먹과 함께 쏙 던져 넣었다.

딱, 소리를 내며 손바닥에 주먹이 부딪혔을 때 불꽃 하나가, 증표 대신 마음속에서 점화된 듯한 느낌이 들었다.

만약 내일, 그 셋이 고쇼G에 나타난다면…….

샤오 씨한테 안타 치는 법을 가르쳐달라고 해야지.

그리고, 아무 얘기나 많이 하자.

"가자."

다몬이 어깨를 두드렸고 나는 돌계단에서 엉덩이를 일으켰다.

끄응, 하고 밤하늘을 향해 같이 기지개를 켜니 마치 우리를 지켜보고 있었던 것처럼, 시간 따위 상관없다는 듯이 매미가 솨솨 울기 시작했다.

옮긴이의 말

우리의 청춘은 어떠했던가.

여린 마음을 헤집는 혼돈과 흔들림의 시절. 미지의 것들로 인해 불안하고, 미숙해 무모하기 쉬운 시절. 그럼에도 인생에서 가장 뜨겁고 용감해 감히 눈부신 시절. 사탄과 계약도 마다하지 않고 되찾고 싶어 하는 이 청춘의 허리를 잘린 이들이 〈8월의 고쇼 그라운드〉에 나타났다.

마키메 마나부는 〈8월의 고쇼 그라운드〉에서 타의로 청춘을 빼앗긴 이 젊은이들을 우리나라의 추석에 해당하는 오봉 기간의 교토로 초대한다. 매년 8월, 찜통 같은 더위를 피해 모두들 교토 밖으로 탈출하는 여름 방학. 3만 엔의 빚과 여자 친구에게 차인 덕에 30년 전통의 '다마히데 배' 야구 대회에 강제 출전하게 된 구치키와 대학 졸업장을 받기 위해 대회를 책임지고 마무리해야 하는 다몬은 의문의 3인의 도움으로 우승이라는 목표 달성까지 이제 한 경기만을 남겨두고 있다. 이 의문의 3인이 바로 전쟁이라는 인생의 뺑소니로 청춘의 허리가 잘린 이들이다.

하지만 소설 속 그들은 원통하다 말하지 않는다. 그저 순수하게 못다 한 야구가 하고 싶을 뿐이다. 그래서 더 먹먹하다. 구치키와 다몬은 이승에 초대되어온 이들을 다시 저세상으로 돌려보내는 오봉의 마지막 날 행사인 오쿠리비를 보면서 말한다.

"다들…… 살고 싶었던 거야."

천년 고도 교토의 한여름 밤, 현재를 살고 있는 청년들이 화려하게 타올랐다가 사위어가는 다이몬지산의 불꽃을 보며 묻는다.

"있잖아, 구치키. 우리, 잘 살고 있는 걸까?"

그리고 만약 내일 그들이 다시 그라운드에 나타난다면, 수많은 의문과 분노와 쓰린 연민을 뒤로하고 '아무 얘기나 많이 하'기로 한다. 이 '아무 얘기'라는 말에는 구치키의 무겁고 복잡한 심경이 승화되어 담겨 있다.

이렇듯 청춘 찬가는 대개 애처로움을 한 자락 깔고 있지만, 여기 그들의 이야기가 온통 슬프기만 한 것은 아니다. 마키메 마나부의 매직으로 아마 그들은 내년에도, 또 그다음 해에도 야구를 즐길 수 있을 테니 말이다.

〈12월의 미야코오지 마라톤〉은 어쩌다 역전 마라톤의 마지막 주자가 된 절망적인 방향치 소녀의 성장 이야기다. 길이가 짧고 앞에 배치되어 있어 표제작인 〈8월의 고쇼 그라운드〉의 문을 열어주는 듯한 느낌인데, 숨은 그림찾기 하듯 두 작품의 공통점과 연관 소재를 찾는 재미도 있다.

우선 공간적 배경은 같은 교토이지만 시간적 배경은 숨이 턱턱 막히는 한여름과 거센 눈발이 휘날리는 한겨울로 계절 대비가 뚜렷하다. 작가가 고시엔으로 대표되는 여름 야구와 주로 겨울에 개최되는 역전 마라톤을 소재로 삼은 이유는 구치키의 독백처럼 "여름의 살인적인 무더위와 겨울의 무자비한 추위를 번갈아 경험하면서, 대장장이가 쇠를 새빨개질 때까지 달구고 그걸 다시 찬물에 담금질하듯, 좋든 싫든 기묘한 절삭력을 가진 인간도로 단련되어"가는 교토의 젊은이들을 그려내기 위해서였으리라.

그리고 작품에 직접 언급된 단어는 아니지만 두 작품 모두 청춘에 대한 '애도'가 있다(여기서는 한일 간의 정치적, 역사적 견해는 잠시 접어주면 감사하겠다). 하층민 신분에서 시작해 천황의 역적으로 생을 마감한 12월의 신센구미는 '마코토誠'라는 신념에 청춘을 바쳤고, 열일곱의 나이에 메이저 리거를 상대로 삼진을 아홉 개나 잡은 8월의 사와무라 에이지도 전쟁으로 청춘을 강제 종료당했다.

〈8월의 고쇼 그라운드〉를 읽다 보면 어, 이거 앞에 나왔던 거 같은데 싶은 소재들도 있다.

우선 '파란 야구 모자'. 12월에는 역전 마라톤의 진행 요원이 썼고, 8월에는 샤오가 썼다. 다음은 '란자도'. 12월에는 사카토가 엄마 심부름으로 향을 사러 갔고, 8월에는 란자도의 사장이 '향목점연합' 팀의 대표로 등장한다. 8월의 선수들이 다마히데 배에서 우승하는 날 축하 파티를 열기로 한 '베로베로 바'는 산조키야마치 거리에 있는데, 이곳은 신센구미라는 이름을 세상에 알린 '이케다야 사건'이 일어난 곳이기도 하다. '불씨'도 빼놓을 수 없다. 12월, 내년에도 미야코오지를 달릴 수 있다는 용기가 생겼을 때 사카토의 마음에는 불씨 하나가 날아와 박혔다. 그리고 8월, 여자 친구가 너한테는 없다고 단정해버린 그것을 구치키는 밤의 한가운데에서 움켜잡았다.

무엇보다 중요한 것. 이 두 작품의 청춘들은 하고 싶은 게 있다! 내년에도 미야코오지를 달리고 싶고, 내년에도 야구를 하고 싶다!

역전 마라토너를 응원하는 연도의 관중처럼, 모든 곳에, 모든 청춘을 응원하는 호의와 환대가 있기를 바라며 이 책을 한국의 독자 여러분께 소개한다.

옮긴이 김소연

일본어 전문 번역가다. 한국외국어대학교 통역번역대학원과 동덕여자대학교에서 공부했다. 옮긴 책으로 《아이는 느려도 성장한다》 《치킨에는 진화의 역사가 있다》 《사람들은 왜 내 말을 안 들을까?》 《나는 죽을 권리가 있습니다》 《생명해류》 《생물과 무생물 사이》 《동적 평형》 《종의 기원 바이러스》 《왜, 우리가 우주에 존재하는가?》 등이 있다.

8월의 고쇼 그라운드

1판 1쇄 발행　　2025년 8월 22일

지은이　　마키메 마나부
옮긴이　　김소연
펴낸곳　　㈜문예출판사
펴낸이　　전준배

편집　　백수미 이효미 박해민
디자인　　서혜진
영업·마케팅　　하지승
경영관리　　강단아 김영순

출판등록　　2004. 02. 11. 제 2013-000357호 (1966. 12. 2. 제 1 -134호)
주소　　04001 서울시 마포구 월드컵북로 21
전화　　02-393-5681
팩스　　02-393-5685
홈페이지　　www.moonye.com
블로그　　blog.naver.com/imoonye
페이스북　　www.facebook.com/moonyepublishing
이메일　　info@moonye.com

ISBN 978-89-310-2554-5 03830

잘못 만든 책은 구입하신 서점에서 바꿔드립니다.

문예출판사® 상표등록 제 40-0833187호, 제 41-0200044호